如果你想改变你的人生……

其实你有更好的选择

陈焕庭◎著

龙門書局

图书在版编目（CIP）数据

其实你有更好的选择/陈焕庭著. —北京：龙门书局，2011.6

（新世纪励志系列丛书）

ISBN 978-7-5088-3087-2

Ⅰ．①其… Ⅱ．①陈… Ⅲ．①人生观—通俗读物 Ⅳ．①B821-49

中国版本图书馆 CIP 数据核字（2011）第 107919 号

责任编辑：陈赐贵 方瑛 彭倩薇 / 责任校对：杨慧芳
责任印刷：新世纪书局 · / 封面设计：林 陶

《其实你有更好的选择》

龍門書局 出版

北京东黄城根北街 16 号
邮政编码：100717
http://www.sciencep.com

中国科学出版集团新世纪书局策划
北京市艺辉印刷有限公司
中国科学出版集团新世纪书局发行　各地新华书店经销

*

2011 年 7 月第一版　　2011 年 7 月第一次印刷
开本：32 开　　　　　　印张：7.25
字数：132 000

定价：26.00 元

（如有印装质量问题，我社负责调换）

自序

选择，是你我一生无可避免的事。在漫长的人生旅途中，每个微小的选择，都可能如同蝴蝶效应般，为日后带来巨大的影响。

回想我自己的人生历程，发现年轻时因为个性、情绪以及有限的经验做了许多不同的选择，对的决定带来了快乐自不待言，错的抉择却也让自己身陷痛苦懊悔中，甚至讶异、感叹自己当时居然如此缺乏智慧，更不明了一些浅显的处世道理，总是付上惨痛代价才学习到。

在多年训练辅导的经历中，我也发现好人不一定会有好的命运，两个好人未必会有好的婚姻，而许多人活得努力，却也活得辛苦。多数人的问题并不相同，但还是有很多相似的地方；更有人的故事曲折离奇到如同连续剧般不可思议。究其成因，我发现大多数人因为价值观的不同，使得在面临抉择时，做出了不同的选择，也决定了不一样的方向和命运。

书中所举的例子，大多是撷取自不同的个案故事，每段内容都经过重组和包装，因而无法辨识每个人的身份，但重点在于，希望透过自己还有他人不同的生命经历，于大家面临选择时会有所帮助。

另外，在许多个案中，我发现，有人将错误的价值观当做坚定的信念，而不愿调整、不做修正、不想改变，那么错误的事情必然会重复发生，终将盘根错节，难以重新过上健康的生活。当然也有人在面临人生重大抉择时，不会以己意为依归，情绪化地做选择，而会请教良师益友，听取他们的建议，做出正确的选择，因而也规避了可能带来的遗憾和风险。因此，有感而发，我想借着多年来的辅导个案和自己的生活经验，将我们在情感、婚姻、亲子、职场中，会遇到的不同问题，面临不同的抉择，提供一个不一样的思考方向：有时我们的选择并不是只有0或1而已，当我们有更多元的角度可以思量时，将会发现，其实我们有更好的选择！

　　《其实你有更好的选择》一书的完成，要感谢的人太多。非常感谢翊君，要不是你花了许多时间整理资料，我在如此忙碌的工作下，是难以完成此书的；谢谢怀珏，你在准备高考的压力下，还帮忙绘制了许多趣味性十足的插图，使得此书更增丰富性；谢谢俊国总编这一路来的支持与协助，让此书得以顺利出版；谢谢为此书作推荐的各企业CEO，在你们百忙当中，给你们增添了许多麻烦，焕庭再次感谢；当然，更要谢谢我的爱妻Celine，在我写作上提供了许多的宝贵的思考角度及充满智慧的建议，这一生中有你相伴，是幸福更是美好；最后满怀感谢的是上帝，因着自己的有限与不足，在人生中，做过许多遗憾的选择，但你却看顾保守、恩慈待我；在我面临抉择时，寻求你，你就给我指引和亮光，让我不偏左右，行在正路中。

　　上帝，认识你，是我这一生最好的选择！

推荐序

Choose with value

价值观，无价！

　　睽违了两年，继上一本畅销书《会说话的人好办事》之后，老师的新书《其实你有更好的选择》，终于在众人引颈期待之下出版了。

　　陈焕庭先生是企管顾问界的知名讲师，拥有十多年企业教育训练、协谈辅导经验，面对人生的各个重要环节，均用高度的智慧与高度的ＥＱ来处理，同时也成功协助了上万人士面对、处理自己的问题。

　　听过老师演讲的朋友们，一定都有着这样的感受：他在面对听众所提出的问题时，不但回答得一针见血，更能以同理心（编者按：同理心即站在对方立场思考的一种方式）来与听众同行。他的身份虽然是一位顾问、讲师，却更像是大家的老师、朋友、家人，也难怪他的演讲或课程总是座无虚席，笑声、掌声连连。

城邦出版集团有幸能与老师再次合作，在本书中，以价值观为全书主轴，引导大家如何做出对的选择，并从他个人十多年来的训练、协谈辅导经验中，汇集了在爱情、婚姻、职场、亲子中，大家最容易遇到且不晓得该如何处理的话题，以一则则故事与情境对话，告诉读者应对的技巧和方法，同时也点出问题的关键：原来，一切都是价值观不同所引起的。

十分欣见老师在百忙之中仍然挪出时间完成本书，本书的出版将让大家重新审视价值观的重要性，在面临选择时做出智慧的决定，可说是你我人生中的福音。

城邦出版集团首席执行长　**何飞鹏**

目 录

Choose with value

CONTENTS

第一章

要？不要？
做对决定超重要

你我的每一刻，都在做选择与决定。

从"午餐吃什么"，到"要不要和他（她）继续交往"、"要不要跳槽"这类大事，我们天天都在做决定。

做了决定以后，有些人会很高兴自己的决定是对的，有些人则后悔不已，恨不得时光能够倒流。

你是否想过，为什么很多时候，同类型的事情发生在每个人身上，却有不同的结果，使大家走向不同的命运呢？

Choose with value

阻碍你的永远是你的价值观

有一天，林先生从台北开车经高速公路到高雄，路过台中时，突然闻到一股烧焦味。

林先生心想："不晓得是谁在烧垃圾，这么没公德心！"车子继续往前开。

当车子路过台南时，林先生发现烧焦味更重了。这回，他摇下车窗，深吸一口气，确定是外面传来的味道。

林先生再度摇上车窗，继续往前开，终于到达了目的地。

正当林先生很高兴地准备停车的时候，赫然发现，他竟然没有放掉手刹车！

想到一路的烧焦味都是他引起的，林先生赶紧打开引擎盖。

引擎，果然受损了！

如果，把人生比喻成高速公路，价值观就是人生的手刹车。

从我们出生的那一刻开始，我们的人生就一路往前奔跑。如果，我们只行动而不思考，很可能会在绕了一大圈后，才渐渐接近真正的目的地；或是忙到后来才发现自己做的只是白忙一场，徒增年岁而已。

许多人在从事一份工作的时候，就是因为不清楚自己的价值观，或者没发现他个人的价值观跟所在公司的核心价值观有所冲突，导致自己工作时无法乐在其中。

工作上是如此，婚姻与亲子关系也是一样。一个人如果不清楚另一半的价值观，不知道如何做亲子教育，那么在婚姻跟亲子关系中，就会产生许多的问题。

不理清价值观，就像没有放下生命的手刹车一样，就算到达人生的目的地，心中也已经是伤痕累累，一点不快乐。

所以，价值观的理清与重整，对于一个人的生活和整个生命的过程，是非常重要的。

就拿工作来说吧，很多人经常问自己：这工作真的适合我吗？未来有发展吗？

明知道这工作不适合自己，却还得持续下去；明知道这工作没有发展，却又不得不接受现在的环境……

针对感情问题，人们最常问的是：到底要不要跟眼前的他（她）继续交往下去？该说分手了吗？

人生中还会遇到许许多多的问题，例如：

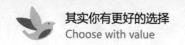

要不要买下那台车子？

明明知道不该再花时间逛街，却很难克制自己，买了衣服后，心里却又充满罪恶感。

明知道不该答应对方的，但是拒绝的话就是说不出口。

想提醒老板这个方法行不通，却又担心话一出口，彼此关系会破裂，到底值不值得冒这个险呢？

人生中大大小小的决策都跟价值观有关，当价值观矛盾，而自己又不知应该以何为重，在面临抉择时，就容易出现"做决定时犹疑不定，做完决定却后悔不已"的窘境。

Choose with value

改变没有你想象中那么难

三十五岁的蔡小姐是一位业务员，同时，也是位单亲妈妈。

在某次课程上，我认识了蔡小姐，当课程结束时，她告诉了我她的故事。

从事业务工作十年的蔡小姐，过去的业绩非常耀眼，老板对她也很好，但因为经济不景气，近半年来，她的业绩下滑，老板对她的态度就变了，蔡小姐气冲冲地说："老板的态度，真让人怀疑，我过去多年来的付出，究竟算什么？"

"所以，你的想法是……"我问。

听到我的问话，蔡小姐叹了一口气说："我知道这个老板的价值观跟我不合，可是，家里还有孩子要养，我需要这份工作，所以很痛苦。"

"你觉得，现在对你最重要的是什么？"我问。

"当然是收入！"蔡小姐回答。

"你曾经对老板表达'他对你的态度转变'这件事吗？"我问。

"我怎么敢呢？看到他，我就已经吓死了。"蔡小姐摇摇头。

"当然，我不是要你直言不讳，有话直说，而是用一种适合彼此的方式来说。你未曾尝试和老板沟通，表达你真实的感受，而老板也未必知道，他已经带给你如此大的挫折与压力。如果沟通后误会能冰释，达成共识，不仅能重建你们的关系，你也可以乐在工作中，这不是两全其美吗？"

蔡小姐沉默了几秒后告诉我，她会回家好好思考这件事。

"加油吧！或许美好的事会发生的，不是吗？"在蔡小姐离开前，我鼓励她。

三天后，蔡小姐来电告诉我一个令人高兴的消息：她与老板果真有了良好的沟通，现在的她不但心情好了一大半，也重新在职场上找回了工作的力量。

当人生面临两难时，有时不是只有0与1、要与不要的选择而已，只要我们愿意尝试沟通、勇于面对，反而能够找到更佳的选择，做出更好的决定。

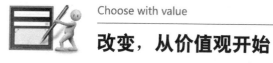

Choose with value

改变，从价值观开始

有一次，我为一家企业的主管们上课，在休息时间，一群女性朋友跑过来问：

"老师，人生不是已经定型了吗？还有办法改变吗？"

"老师，我的同事已经是老油条了，真能改变他吗？"

"老师，是不是年纪越大，改变的概率越低？"

"老师，我能改变老公和公婆吗？"

虽然，一个人的思想和行为，都是从小时候开始，一点一滴深植在我们的心中的，但只要有心改变，用对方法，不论年龄大小，都有改变的可能。

改变别人之前，先改变自己。

或许大家也会困惑：我们真的有能力改变别人吗？

改变别人的第一个步骤就是：先改变自己。

如果自己不先修正，别人是很难改变的。

有次，我为主管们上课时，当场请甲、乙两个人出来。

我要甲、乙两人从教室的左右两边往中间走，当两人见面时，我要甲以一种假装没看到乙的方式和乙擦身而过，而乙并不知道我要甲这么做。

结果，当乙看见甲冷漠的表情时，原本微笑的脸，先是变得不知所措，然后就涨红了。

接下来，我要甲、乙两人重复刚才的动作，这一次，我要甲在还没跟乙面对面时，早一步笑着跟乙打招呼，而乙仍然处于什么事都不知道的情况。

结果，原本不太高兴的乙，因为甲的热情招呼，也跟着笑了起来。

台下的主管们看了甲、乙两人的互动之后，纷纷露出"原来如此"的表情。

我接着说："与其想要改变某人，不如慢慢影响他的价值观。"

在这里，最重要的是，我们必须以身教来影响他人，而非只是言教而已。

我们都听过类似的事情，在大家眼中，某甲的形象十分冥顽不灵，不论别人怎么说、怎么劝，他都不肯改变。但是忽然有一天，他变了，就只是因为听到了某某人的劝说。

明明是一个大家公认的顽固的人，为什么换了个人来劝说，他就改变了呢？可见，他并非大家认为的那么顽固不化，而是劝告者的说话方式、表达技巧、彼此信任度的关系让他有了变化，没有这个基础，其他都不必谈了。所以，我总是告诉大家：**关系建立要在前，问题解决要在后。**

因此，要改变的是我们如何找到令对方接受的沟通方式。很多时候，不是当事人的问题，是我们带领方式的问题。

如果采取言教，员工只会觉得主管"又在说教"了。但如果主管们回到工作岗位后，态度渐渐变得圆润；在聆听员工说话时，也能以同理心体谅员工的想法，如此一来，员工一定觉得主管跟以前不一样了，必定被感动，也会慢慢受到主管的影响。

所以，要改变一个人，并不是一开始就要全盘改变，而是从自己改变开始，再加上渐进式的影响他人。

要改变行为，就从价值观着手。

三十八岁的王小姐是一家公司的主管，她所领导的都是"七年级的小朋友"。

她告诉我，"七年级生"真的超难带，不认真、不积极，也不负责，非得要王小姐生气了，他们才会改进，但没多久，又开始恢复以前的懒散行为。

"我希望部属们认真、积极、负责，难道错了吗？

他们为何做不到呢？"王小姐一脸无奈。

"可能是因为你要求部属的顺序是错的。"

我告诉王小姐："基本上，行为不是要求来的，因为好的行为是从好的态度而来，好的态度又是从价值观而来。"

只有价值观正确了，态度与行为才会正确。

"大部分人都知道工作要努力，态度要积极，但为何做不到或只维持了三天就回归本性呢？"

因为一个人如果不能改变价值观，态度与行为是不会改变的。正因为价值观是如此具有源头意义，我们更应该从价值观着手，这样一来，对方的态度与行为就能真正转变。

价值观是非常内在的，涉及生命的各个层面，是值得所有人重视的人生议题。为人父母给孩子最珍贵的资产，不是优越的物质条件，也不是送孩子出国留学，而是让他们形成良好的品格与核心价值，这才是父母给孩子最美好的礼物。

身为主管，若是能让部属建立起正确的工作核心价值，那么，不论主管在与不在，部属都一样会遵守纪律与认真负责的。

一家公司能成功，其员工必有愿景与使命，更有符合这愿景与使命的价值观。假如没有这些，公司是很难运作的。因此，培养员工具有一致的核心价值观，对公司或组织来说是非常重要的，如此才能让全公司上下一条心。

在后面几章中，将会运用不同的实例，让你了解"如何强化一个人的价值观"，你将会发现，正确的价值观对于一个人的人生是如此重要，它可以让人少跑许多冤枉路，更可以让你的人生幸福美满，爱情、事业、家庭都得意！

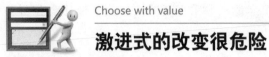

激进式的改变很危险

一个人的价值观，可以依据现阶段的目标，适度地调整。

调整时必须要特别注意的是：**不要采取激进式的改变。**

一向抱持着"生平无大志"的林先生，被朋友拉去参加激励营之后，整个人脱胎换骨大改变，立志三年内要买跑车、住豪宅。结果却因为想快速成功，做了不当的投资，反倒欠了朋友300万台币（编者按：按人民币比台币4.4的汇率换算，折合人民币约68万元，下文出现的一律为换算后的人民币）。

朋友很好心地告诉他，钱可以慢慢偿还，但是，林先生却希望两到三年就可以把这笔钱还清，不但白天上班，下班后还兼职送货，甚至连假日也跑去摆地摊。

两年后，林先生的确还了不少钱，但因为每天早出晚归，脾气变得暴躁，缺乏耐心，家庭出现了严重的问题，夫妻长久没有互动，见面不是吵架就是冷战；小孩跟他的关系也很紧张，见到他能闪就闪，生怕一不小心又被责打。后来，由于长期身心劳累，林先生的健康也出现了状况。

林先生的故事并非特例，事实上，很多人都想要快速还债，想要快速成功。而这些人当中，或许真的有人可以很快速地赚到钱，但也失去了身心平衡，失去了健康和家庭。

正因为看过太多类似的故事，一有机会，我就会建议大家：想改变，是一件很好的事情，但要有目标、有方向，并且以渐进式的方式代替激进式的改变。不一定要在三年之内就把自己变成一个富翁，却可以用三年的时间，让自己的人生稳健踏实，越来越美好。这就像做康复训练一样，如果运动过度、操之过急，只会带来更多的伤害，而循序渐进的改变与调整，才能有效地恢复健康。

改变的同时，也请认清，对自己而言，什么才是真正有价值的事。

当人们一旦想要改变，内心可能就会出现"感觉"很重要的事，并且以为这就是我们要的目标。其实，"感觉重要的事"与"真正有价值的事"是有区别的，属于两种不同的思考层次。

如果，你投注心力与时间去追求、完成自己认为很重要的目标之后，心中仍然感到失落，觉得似乎还有更重要的部分没做时，就是因为没有理清"感觉"和"价值"间有差异。

在人生的旅途中，若用力地追求，到了目的地，却赫然发现失去的价值比获得的更多，这样的代价，真的是我们要的吗？这确实值得我们三思！

第二章

当爱情来临时

当爱情来临时，两人的眼中只有彼此。

当热恋期过后，冲突出现时，要不要继续往前走？

眼前的这个人，真的是我的真命天子（女）吗？

在两性交往中，该注意哪些事情，让你的恋情不再是一场空？

Choose with value

爱情价值观的四大误区，你有吗

◎ 外表VS.外遇

Vicky是一位外貌与个性都非常优秀的上班族，她觉得外形条件太好的另一半太危险了，所以选了一个外貌远逊于自己的男友。只要Vicky和她男友站在一起，任何人的脑中都会涌现出"美女与野兽"的画面，也令许多男人为之心碎。

但是，外表真的能决定外遇概率的高低吗？

这是爱情价值观的迷思。

Vicky告诉我，她与男友已经交往了一年半，男友早已见过自己的父母许多次，可是，他却从未谈起家里的事，每次到男友家，总是很凑巧，他的父母必定不在家。所以，Vicky与男友交往至今，从未见过他的父母。

"最奇怪的是，男友也未曾将自己介绍给他的朋友，相互认识一下，总是推说朋友也忙，没空见面。"

我越听越觉得有问题，于是，我问Vicky："你看过他的身份证吗？"（编者按：台湾的身份证反面是配偶的身份证明，所以可以通过身份证了解一个人的婚姻状况。）

"没有……"Vicky摇摇头，说，"他说身份证弄丢了。"

我心中满是疑问：这个男人一定有许多秘密，很可能已经结婚了，或许是与太太分居，或许是怕朋友泄漏秘密……我并未将我的揣测告诉Vicky，但是强烈建议她一定要看男友的身份证。

听了我的建议后，Vicky果真强烈要求要看男友的身份证，双方更为此大吵了好几次，男友甚至难过又不满地对Vicky大吼："为何不相信我？"两人闹得很僵。但是，Vicky因为怕失去他，只好打住不再追问了。

虽说如此，Vicky仍然觉得男友很不寻常，于是请人调查他的身份。

果不其然，他不但结婚了，还有两个孩子。

伤心又生气的Vicky，抱着最后一丝希望向男友求证，不料他却哑口无言，只是哭着求Vicky和他在一起，气得Vicky只好断然分手。

Vicky说："大学时候的男朋友，就是因为太帅了，让我很没安全感，没想到外表不怎么样的男人，竟然也这么不可靠！"

从Vicky的例子来看，她显然把外表和安全感联系

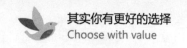

在了一起，这也是许多人的误区。事实上，一个人会不会脚踏两条船，和这个人的爱情价值观有关，跟外表美丑并无绝对的关系。

一个人的价值观若把忠贞摆在前面，那么无论长得多么美、多么帅，出轨概率都会降低许多，甚至会刻意地远离诱惑。假如一个人的价值观是把金钱放在第一位，那么即使他是真的爱你，但遇到金钱诱惑时，说不定还是会考虑娶个有钱老婆，少奋斗三十年。所以，了解一个人的爱情价值观，是非常重要的。

❤ 爱的加油站

一谈起恋爱，男生、女生往往容易被爱情冲昏了头，而忽略非常重要的信息。其实，关于恋情的种种可疑之处，当事人仍然是感觉得出来的，只是为了希望两人感情融洽，总是睁一只眼闭一只眼，甚至视而不见。

以Vicky的例子来说，她并不是在交往一年半后才发现男友的怪异行为，而是在交往三个月后，就感受到了一些蛛丝马迹，但是她选择了视而不见，充耳不闻，日后也就付出更大的代价。

所以在交往过程中，若发现对方一些不负责的性格，或是对钱过分计较，甚至有明显的情绪缺陷，都值得停下来好好地思考一番。

若是假装不知道，或忽视这些重要的信息，就要有日后吃苦头的心理准备。

当Vicky与男友分手后，不乏追求者，也再次有了新的情感归宿。这次，她学乖了，诸如前男友遮遮掩掩不敢让她知道的事，她都会适时向对方询问清楚，一开始就掌握对方的情况。

现在的她，不但结婚了，也已经是两个小孩的妈妈了。

🌀 看起来老实VS.真正的老实

Vivian是一个年轻的女律师，她跟男友都是 T 大毕业，也都从事律师的工作。

偶然间，Vivian在男友的手机中发现了一些极度暧昧的短信，她当面质问他，就此发现了男友脚踏两条船的事。当下虽跟男友大吵了一番，但是心里一直很害怕会与男友分手，成天以泪洗面，并问我该如何挽救恋情。

我问Vivian："难道，你之前都没发现任何蛛丝马迹吗？"

"之前曾经觉得他怪怪的，但我认为他应该不会作怪，因为他很老实。"Vivian说。

我告诉Vivian："老实是看不出来的，你虽然感觉对方老实，但感觉上的老实不一定是真老实。"

我又问Vivian："既然事情已经发生，男友是否对你做了任何承诺与约定？"

"有啊！他向我保证，一定会与另一个女孩分手，他说自己只是一时失去了控制。"

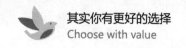

"男友有承诺何时能将那段感情结束吗？"我继续追问。

"他要我给他一点时间。"

听到Vivian的转述，我心中又出现了疑问：如果，她的男友真的只是一时失去控制，另一段恋情应该只是偶发性的，为何还需要一点时间？难道是那一段感情也已经经营了一段时间吗？

我不清楚另外一位女孩和Vivian的男友之间的发展，但是，男友既然已经表示跟Vivian这一段才是要认真对待的感情，那就该给出确实解决的时间点，以免没完没了。

于是，我建议Vivian，向男友直接指定一个他与另一个女孩分手的期限，同时与男友沟通，表达自己的需求："如果真的要选择我，那你未来的行程是不是能适度地告诉我？要不然，我会没有安全感。"

Vivian听了，照着我的建议做，后来，她的男友也做了很大转变，承诺出与第三者的分手时间点后，终于完全断绝与第三者的任何联系，只要是对方在场的活动，他就不再出现了。

不做该做的事情，就要付该付的代价

许多时候，人们明明知道该做一些事情，却因为个性与习惯使然而不去做。

当你不做该做的事时，就要付该付的代价。

在这个故事中，Vivian告诉我，她男友非常忙碌，应该没有时间出轨，但会不会出轨，时间可能不是最重要的因素，那么，究竟是什么原因让男方出轨呢？

唯有知道原因，才能防止这类事情再次发生。

"其实那个女生，我也跟她见过面。"Vivian说。

原来，Vivian的男友很喜欢摄影，参加了一个摄影社。曾经和男友一同出席的Vivian说："我只去过两次摄影展，就不想去了，我觉得好无聊哦！干嘛要去浪费时间呢？"

"那么，你在摄影展时有跟人互动吗？"

"没有啊！我只是陪着去罢了，为什么要跟人互动？"她不解地问着。

Vivian不晓得，对伴侣的社交圈漠不关心、提不起兴致，在感情与婚姻中都是大忌。

我告诉她："与人互动，除了可以建立关系外，更可以让别人知道，你是他的女友。"当与他们成了朋友后，这些人就会回报情报给你。一旦男友带了别的女生出席，大家嘴上虽然不会戳破，眼神中似乎也会告诉他："你不是有女朋友了吗？"

想想，如果你跟他的朋友感情够好，他们就会为你仗义执言，甚至透漏消息给你，当男友置身在一个到

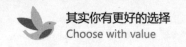
处都是女友"眼线"的人际环境里，他自己也会安分一点，知道自己不能逾越某些界线。

这个摄影社已经成立了三年，Vivian竟然才现身两次，而且完全不与人互动，又讨厌出席，更没有心去培养与男朋友的共同兴趣、找出共同话题，难怪感情容易出问题。

此外，我也发现Vivian因为男友的出轨，对男友已变得十分没有安全感，还列出明确的清单，让男友知道她希望他能做到的事。

当Vivian将列了十二项要求的清单拿给我看时，我心想：哇！如果照着清单上所写的，大概没几个男人受得了吧！因为Vivian的清单上所写的都是"一定要"、"必须要"等，对男人来说，这些都是十分敏感的字眼，如手机一定要让我看等，这会让男人觉得压力太大，仿佛生活都笼罩在女友的监视下，没有自己的空间。

于是，我除了帮Vivian修改句子外，也告诉她安全感的"拿捏尺度"。

假如放任自己一直向犯错的另一半索取安全感，结果可能导致对方选择放弃这段感情。因为，另一半觉得失去外遇对象已经很痛苦了，心中虽然对你很愧疚，但是彼此如果这样相处的话，可能会更痛苦。所以，他很可能两边都不要，或是重回第三者的怀抱。

❤ 爱的加油站

如果你真的希望男友照着清单做出"一定要"、"必须要"之类的事情，那么，最好跟男友立下"任性期限"，说好只任性一个月。告诉他因为刚大吵了一架，之后的一个月内你需要撒娇，需要安全感。这样至少给对方一个期限，让他知道在这个月里，要用诚意换回你的真心。

🌀 玩一玩VS.以结婚为前提

不少女生一谈恋爱，就期待对方是她的结婚对象；也有很多人，一味地将恋爱与结婚分开，认为对方是好情人，就不见得是好丈夫，所以下定决心，就是不跟所爱的人结婚。

这两种态度虽然没有对错可言，但是当决定与人交往时，就应该以真心的态度与人相交，而不该只是想着玩一玩就好，除非交往过程中发现对方跟自己的性格、价值观有重大的不合之处，且差异大到让双方难以共同生活，方才中止这段感情的发展。

恋爱，本该是婚姻的起跑线，如果一开始就抱着"我跟你玩一玩就好了"的想法，谁知道几年之后，两人会怎样？

青春逝去与付出不少心力，都是不争的事实。没有多少人能够在白忙一场后，还可以潇洒释怀。

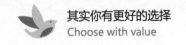

如果大家都用"玩一玩"的心态投入爱情，当然会有很多不负责任的事情发生了。

L小姐从中学时就到美国求学，一直到适婚年龄才回到中国台湾。长相不错、家境富裕的她（父亲是位医生），眼看已经二十八了，却还没有男朋友。

友人知道L小姐没有男友，很热心地帮她介绍Y先生。Y先生大L小姐将近十二岁，且从未交过女友。两人见面后，对方坦言自己从事餐饮业并且只是个小领班，与L小姐相比，显得有些卑微。

但L小姐并不在意钱，家境富裕的她只希望能有一个稳定安全的关系，目前也只是想要跟对方交往看看而已。

交往过程中，L小姐渐渐发现一个令她匪夷所思的情况：男友只是餐饮业里的小领班，竟能开着奔驰上下班？这才知道，原来男友的家庭很有钱，家族经营的是珠宝事业。

就这样交往了一年半，两人的感情发展迅速，L小姐想结婚，但Y先生却一直都没有结婚的打算。

我建议L小姐，如果对方的个性、生活习惯与条件，各方面都适合，可以向男友表达自己想结婚的想法。

男人寻找对象并不会受他的青春年华的限制，只要他有不错的经济能力，就算是年届六十，要找任何条件的女人，应该都是很容易的。

女人就不是如此了，女人的青春是有限的。所以我告诉L小姐："你把最年轻、最精华的岁月给了对方，但是难保对方能给你应有的保障。"

"可是，他觉得我们现在相处得很快乐，而且跟结婚没两样啊！"

"那你想生小孩吗？"我又问。

L小姐点点头说，她十分想要小孩，男友虽然觉得有小孩不错，但也没说要结婚。

"你有向男友提出结婚的想法吗？"我问。

"我不想，更不敢。"

"为什么呢？"我又问。

"如果被他拒绝多丢脸啊！况且他觉得我们现在相处得很快乐，跟结婚没有两样。"

"你真正的想法呢？"我又问。

"其实我还是想结婚的。"

"我觉得你可以向他表达自己真正的想法，以及你对婚姻的期待，同时了解他不结婚的真正原因，这不仅有助于你们的关系更加亲密，也可以理清彼此对婚姻关系的疑虑，说不定还会有意想不到的结果。"我说。

人生重要的抉择有时不是只有0与1而已，换个角度来思考，换个方式来沟通，都可能会激发出更好的选择。

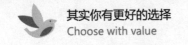
L小姐最后不但结了婚，目前也是一个孩子的妈了。

结不结婚是您人生的选择，但每个选择都会引起蝴蝶效应。在面临抉择时，思考过去曾过怎样的生活，未来生活又会怎样过。这些追溯与眺望，都有助于我们做出更好的抉择，而不是只凭当下的感觉，日复一日地过。

真缘分VS.假缘分

看过电影《巴黎换换爱》吗？

故事大意是说，一名已婚富商在与名模幽会时，被狗仔队拍到了。富商发现，照片中除了他以外，恰巧有一位路过的男性也被拍了下来。于是，富商想尽办法找到这位男性，请他扮演名模的男友，如果他答应，就给他九亿元。

这虽然是一部电影的情节，但在现实生活中，已婚的B先生也遇到了类似的事情。

在某个网络交友社群中，B先生认识了一个很谈得来的女士H小姐，他们越聊越有感觉。虽然H小姐已经知道B先生已婚，但是两人还是在网络上认识了三个月后决定见面。

B先生和H小姐约在一家百货公司前，并说好不要互相打招呼，他们相信见到彼此的时候，一定能确认对方是谁，并且只要在心中意会就好了，免得真的相认后，会一发不可收拾。

从百货公司回家后，Ｂ先生立刻上线与Ｈ小姐确认她所穿的衣服，Ｈ小姐也问Ｂ先生的穿着，并确定了对方就是他（她）。

因为如此，他们更深信了两人之间的默契与缘分，相信两人的生命一定有些特殊安排，两人在网络上聊得更起劲了。又过了一个月，彼此都耐不住相思，正式见面了。

这次见面，两人不但相谈甚欢，更是相知相惜。

Ｂ先生是个计算机工程师，本来就不擅言辞，个性比较内向，他太太的个性就比较强势，两人在家里常有冲突与争执，只要一吵起架来，Ｂ先生总是拒绝沟通，以冷战的方式处理。

日复一日，Ｂ先生和太太的相处就出现了裂痕，此时又认识了Ｈ小姐，感情遂一发不可收拾。

当Ｂ先生来找我的时候，已经在考虑要不要离婚并与Ｈ小姐结婚的问题。

他告诉我，他已经见过对方的母亲，而Ｈ小姐的母亲也清楚他的婚姻状况。爱女心切的她告诉Ｂ先生，她不会干涉女儿做的任何决定，唯一的要求是，这段关系必须是干净的，Ｂ先生必须先离婚，这使得Ｂ先生陷入两难。

我告诉Ｂ先生，他所谓的"缘分"，或许是他与外遇对象两人刻意"想象"出来的。"你觉得自己跟那个女孩是天作之合，否则不可能会在那种情况下碰面，但是如果是我，我也会认出她的，因为早就讲好要默默地相认，在这种心理作用下，你们的神情都会变得跟其他人不同，在人群之中，'多看人两眼'的表情是很明显的。这不是'天意'，而是你们的'刻意'。"

我问 B 先生："你用心经营过你的婚姻吗？你追求这个女孩的方式曾经用在太太身上过吗？"

他听了以后，一直沉默着。

我又追问："你是否帮过太太带孩子，假日有没有陪她出去玩？平时有没有经常陪她聊聊天？假日时两人出去看过电影或是一起做一些事吗？"

我每问一句，B 先生不是摇头就是沉默不语。我告诉他："你们夫妇感情不好，不表示你们之间真的没有爱情，你们只是疏于经营。不经营，爱情当然就淡掉了，如果你用同样的方式对待你太太，你们会慢慢累积出爱情的。"

我继续说着："就算你跟那个女孩真的在一起，婚后你若不继续维持追求她的方式生活，而沿用你对待太太的那种生活模式，你们之间很快就会回到你与现任太太的样子，历史是会重演的。"

B 先生听后，陷入长长的深思。

我又告诉他："在你要放弃这段婚姻前，是否应该先试试看，用追女友的方式经营你跟太太之间的感情，回想自己爱她的初衷，以及过去你们共同经历的一切，如果你丝毫不努力就放弃了现在的婚姻，我担心将来你也可能会后悔。"

为了让他静下心来慎重思考，我话说得很慢。果然，B先生回去之后，就告诉H小姐，他决定回归家庭。后来听说，H小姐的母亲也随即将女儿带到国外，重新生活。

很多外遇事件，都是当事人觉得自己和外遇对象才是"真有缘"，并觉得对方才是"真命天子"，其实这些感觉在谈恋爱之初，都是曾经出现过的。

真正的缘分，应该是婚后用心经营的良缘，而非突然出现的"心电感应"。

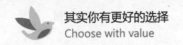

Choose with value

婚前"六大体检",教你选对婚姻伴侣

有人说:"婚姻像搭电梯一样,在电梯里的人想赶快出来,在电梯外的人却急着想进入。"

其实,婚前找"对"人是非常重要的。以下所列的六种角度,可以帮助我们在择偶时不仅只是以感觉来选择,更能用客观的角度来评估,帮助自己找到合适的另一半。

避免悔婚,先问自己。

如果你是那个经常在结婚与不结婚之间摇摆,或是无法确定和另一半结婚到底好不好的人,那么,一定要问自己最重视的是什么。

你最重视的事情,另一半能满足你吗?如果不能,为何要选他呢?

如果你最重视安全感,而对方长得超级帅或者非常美,经常莫名失踪,也从不交代自己的行踪,甚至还请你不要管这么多，那么，你一定要明白，这样的他（她），就是那种较有"风险"的人。

每个人结不结婚的原因很多，选择不婚的人说：

"结婚是恋爱的坟墓。"

"我可以经济独立，干嘛要结婚？"

"结婚？我暂时还不想失去自由。"

"我只想爱一阵子，不想被绑一辈子。"

"我干嘛要忍受他（她）那些难以改变的习惯？"

"男人，没一个好东西，你没听过吗？"

结婚的人可能也会说：

"都有了，能不结吗？"

"找个长期饭票，多好！"

"我家一脉单传，留后为大。"

"现在结不结婚也没什么区别，他（她）要求就结吧。"

"我希望这一生，跟最爱的人相伴到老。"

"我希望有个完整、幸福的家。"

或者，有人连自己想要什么都搞不清楚，婚后才了解自己的需求。

从恋爱期间开始，不管他（她）好与坏，不管他（她）改不改，我都接受他（她）；结果婚后，从接受到了难以忍受，最后不管他（她）想不想，不管他（她）要不要，我都要改造他（她）。

想想，婚前都不会改了，婚后怎么会改？婚前就不愿意为你做牺牲了，婚后又如何能为你做调整呢？可能性不大吧。

除了了解自己最重视的事之外，下面这六件事情，也是婚前必须考虑的部分，我将其称为"婚前六大体检"。这六大体检并非是一个绝对的标准，每个人自己的性格、环境、成长，都可以成为目标及自我改变的关键。

婚前六大体检，完全没有性别上的差异，男人适用，女人也适用。

第一检：看他与家人相处的关系

评估结婚对象的第一条就是：观察他与家人互动的情形。

从一个人与家人相处的情形中，可以看出他将来会如何处理家庭关系。

如果另一半平常在家里都不做家事、不洗碗盘，或是房间乱七八糟，易怒且爱发脾气，对很多事都不经心、不在意，那么，结婚后通常也是这样。

或许，有些女性会认为"他爱我，他一定会洗的"。

没错，在短时间的激情下，他可能会洗，但是长久相处下，习惯会因爱情或婚姻而改变的概率，是非常有限的。

此外，也要看这个人跟父母的关系好不好。我们虽然很难完全了解一个人的心理防卫机制，但很确定的是，这样的人可能会有些情绪性的问题。

我认识的一对夫妻朋友R先生和R太太，平常看起来颇恩爱。认识许久之后，有一天，这对夫妻竟然当着我的面吵起架来，而且一发不可收拾。

原来，R太太的父母十分重男轻女，结婚前，R太太每个月都会固定拿钱孝顺父母。然而，她发现这么做仍然得不到父母的肯定，父母还是比较疼爱从不拿钱回家的哥哥。

对R太太来说，这种不公平的爱对她的心理冲击是很大的。因此，婚后她几乎是不回娘家的，每逢重大节日的时候，她总是会独自黯然神伤。家庭关系很好的R先生因此难以理解，就劝R太太："天下无不是的父母，你应该跟你的父母重修旧好。"

但R太太认为，先生在这方面并没有"同理心"，不了解她的心路历程。先生多次建议，结果反而让R太太有了负面的感受，甚至开始讨厌R先生，而且越来越不满，越来越容易吵架。

这也提醒许多父母亲，对子女的爱要公平，孩子幼小的心灵很敏感，可以深刻地体会到父母的爱是否公平；重男轻女、羞辱责备、比较否定、语言暴力都会带给孩子极深的伤害，这些悲痛不是三五年就可以

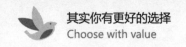

抚平的，有时候需要花长时间去处理，才能逐渐走出阴影回复健康的身心。每个孩子各有特长，如同手指虽长度不同，但各有功能，都出于己身，应该要好好珍惜。

♥ 爱的加油站

结了婚、另组家庭之后已是个独立的个体，夫妻两人更成为一体。孝敬父母是应该的，但是，当这两者间有冲突而要有所选择时，夫妻间应该彼此体谅，并做适度的调整。比如，你不见得要每周都回家，打个电话问候，一样能表达对父母的爱与关心；或者是偶尔自己单独回家探视父母，给另一半放松、喘口气的机会。

如果做先生的平时不能经常陪伴太太，婆媳关系又不好，常常回父母家，对妻子而言，压力其实是很大的！体贴的先生，不妨为太太多想一想吧！

第二检：看他的人际关系

当两人交往时，若觉得对对方的了解不够多、不够深，总感觉少了什么，不妨告诉他："有空约一下你的朋友，大家一起吃个饭。"

无论如何，务必要看看他最好的朋友是何方神圣。因为，通常最好的朋友，就是跟自己最相像的人。

当另一半跟自己在一起时，可能会梳理得光鲜整齐，在谈吐与举止上，也会表现出最完美的样子，但不见得就是真实的他。

但是，当另一半与他的朋友们在一起时，通常会显现出他原来的一面（当然，可能要多出来几次，真面目才会显露出来）。所以，为了多了解另一半，不妨与他的朋友们闲话家常，从中了解他们的玩乐习惯与类型，例如，如果他的朋友们看起来就像三教九流，爱花天酒地，经常吃晚饭后还总是嚷着要唱K、泡吧、玩通宵，那你大概就知道另一半也是喜欢应酬、经常出入娱乐场所的人；如果他和朋友间的话题都围绕在游戏上，那么你可能也要思考，婚后他是否盯着电脑的时间比看你的时间还多。

所谓的"物以类聚"，气味相投的人才会成为哥们儿。想知道真实的他，请与他的朋友们多见几次面吧！

◎ 第三检：看他的金钱价值观

金钱价值观指的是"分配金钱的观念"。

每个人用钱的方式不同，有人是保守理财，有人是大胆投资，有人是锱铢必较，有人是过度大方，有人是重质不重量，有人却是重量不重质。同样是买包包，有人预算上限不超过三千元，有人却非名牌、限量不买，还有人就算没钱，也宁可先刷卡买下所谓的"梦幻逸品"，否则就觉得自己跟不上潮流，变成"土老帽儿"了。

我认识一位朋友，花了七万元买了个三人座沙发，周遭朋友听了，大多觉得不可思议，还有人问他："你疯了吗？花那么多钱买一套沙发！"但是，这就是所谓的"金钱价值观"，这笔钱花得到底值不值得，只有自己知道。

夫妻之间，一旦金钱观念与理财方式有极大的差异，相处起来也容易出现问题，例如，你是谨慎理财、步步为营，他是大胆投资，毫无风险观念；有人是亲友借钱，从不设限，但有人是锱铢必较，一毛不拔。

你热爱旅行，觉得每年都要出国旅行，人生才有意义；另一半可能认为在国内旅游就很棒了。

为了买房子，你拼命地存钱，他却想把存的钱拿出来买跑车。

你觉得婚后男人要负责所有的生活开销，他则认为一人该付一半，少一毛都不行。

关于金钱的价值观，并没有绝对的对与错，我们所要思考的是，当另一半与我们的金钱价值观差异很大时，究竟要不要跟这样的人交往？

想想，我们所重视的，另一半无法给我们；我们并不重视的，另一半却觉得非它不可——真的要做这样的选择吗？

在离婚原因排行榜上，"钱"的问题占了非常重要的因素。不论是因为没钱、钱不够花或是钱乱花，都跟金钱价值观有很大的关系。

♥ 爱的加油站

节俭跟吝啬是不同的，享受与奢侈也有程度上的差异，你要思考的重点在于：对方用钱的时候，是该用则用，还是过度浪费？当你结婚后，在金钱的使用上，考虑的不单只是个人的需求，应该以家庭来考虑，这样的金钱价值观对婚姻关系才会有正面的意义。

第四检：看他的兴趣嗜好

我们做自我介绍时，往往会聊起自己的兴趣与嗜好。

在选择另一半时，兴趣嗜好更是重要。

W太太和W先生就是为此，差点儿闹分居。

W先生是一个十分热爱钓鱼的人，一周上班下来，就期盼着周末能去海钓，有时甚至参加两天一夜的海钓团，这却惹得W太太十分不满，两人多次为了这件事情发生争执。

W太太无奈地说："我一个人又要上班，又要带小孩，假日的时候你不但不帮忙，还只顾着自己的兴趣。"

W先生也很无力，他说："婚前你就知道我爱钓鱼，还陪我钓一整天，我只有这个兴趣，你为何要阻止我？"

我还认识一位朋友，他不但养了两百只乌龟，家里还有一个专门放乌龟的房间。

我想，大部分的女生看到这间"乌龟专用房"的情景，再看到他花了那么多精力照顾乌龟时，大概都受不了吧？

由此可见，兴趣嗜好的影响，确实是很大的。

如果我们和另一半有着不同的兴趣嗜好，却都能彼此体谅与包容，那么，就是一件最幸运不过的事了；但如果其中一方无法接受另一半的兴趣，或是像W太太一样，因为现实情况发生了改变，希望先生多帮忙，而先生却仍只顾自己的兴趣时，那该如何是好呢？

这也就是兴趣嗜好必须列入"婚前体检"的原因。

婚姻关系不是契约，而是一种盟约。良好的婚姻需要妥协与牺牲，不能只顾自己的需要，而是要"看到彼此的需要"。假使无法发展出相同的兴趣和嗜好，或是双方兴趣反差太大，又不愿意培养共同的兴趣，认为"反正我有我的兴趣，你不喜欢也就算了"，日子久了，彼此的交集也少了，甚至互看对方的兴趣嗜好不顺眼，常常为此争吵不休，实在是一件十分遗憾的事情。

❤ 爱的加油站

当两人的兴趣不同时，也可以采取"这个星期你陪我逛街"、"下个星期我陪你钓鱼"的方式，让彼此的兴趣都有另一半的加入，也是个不错的方法。

◎ 第五检：看他的宗教与政治立场

曾经有一位顶尖的业务高手在分享成功心得的时候说："除非跟对方真的很熟，否则我是不会和客户聊到宗教和政治的。"

原因在于，当宗教和政治立场出现严重冲突时，足以让一对好友决裂，甚至让一对佳偶分手。

Y先生，就是其中的一个例子。

Y先生是家中的独子，和女友相恋多年，也有结婚的打算。

由于Y先生的母亲笃信算命，当听到儿子有结婚对象时，便拿着女方的八字去算命。不料，算命的结果是"女方克夫又克子"，这让Y先生的母亲十分担心，希望儿子打消结婚的念头。

生性诚实的Y先生，竟然将妈妈说的话，原封不动地告诉了女朋友，害得女友每次见到Y妈妈，心中总觉得很不舒服。

而Y妈妈或许是听信算命先生的说辞，也开始对Y

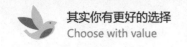

先生的女友有很多的不满。

女友虽无宗教信仰，但对其家族不是谈风水就是道八字极其无奈，况且 Y 先生非常爱女友，非她不娶，两人终究还是结了婚。但恶性循环也从此开始——只要家中稍有不顺，大家就把矛头指向 Y 太太，使他们的婚姻陷入极大的危机。

结婚，并不是跟一个人结婚，而是跟一整个家族结婚——除非你有勇气，能无惧于任何反对声浪，而且确定另一半会与自己站在同一条船上；不然就是心脏要够强大，并且有智慧足以化解任何不友善的眼光。

❤ 爱的加油站

假如另一半在婚前就无法让你感到心安，那么请慎重考虑：是否放弃这个对象？

考虑的时候，不一定要问最好的朋友，因为好朋友有时不见得会理清是非，通常会与自己同仇敌忾，一起加入战局的；我们要找的是值得我们尊敬、信赖、讲话较中立客观的人，也许他说的话比较刺耳，然而忠言总是逆耳的，不是吗？

要珍惜生命中的良师益友，他们的建议，都是人生做重大抉择时的重要参考指标。我们在他们身上寻求到的智慧，是面临选择时很好的参考方向。

◎ 第六检：看他对性的态度

另一半对性的态度，非常重要。

要提醒大家注意的是，不论另一半对性是过度保守或是过度开放，我们都必须审慎考虑。

有一对情侣，两人约好每星期有一天的自由日，在这一天中，两人可以自由地去做自己想做的事，不管是上夜店、与别人交往或上床都可以，而且不能过问彼此的事。

刚开始时，两人都觉得每星期有一天自由日，实在是太好玩了，但随着日子一天天过去了，两人却发现，虽然这样能得到很高的感官刺激，但对另一半的忠诚竟开始起了疑心。后来，这两个人也就在互相不信任、争执当中分手了。

如果在婚前发现了对方在性方面非常开放，例如，允许自己一夜情，而且希望另一半能接受，或是以此来作为持续发展恋情的要挟，那么，请你想清楚自己到底要不要与这样的人在一起。

毕竟，男生和女生对于性的想法，还是有很大的不同的。

我经常以钻石作比喻，告诉女性朋友："当要把钻石送给某人时，你会送给谁呢？一定会送给一个自己认为很值得的对象。难道，你不比钻石更珍贵吗？"

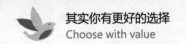

所以，无论如何，都不该把自己随便交给一个人——当要把自己交给他时，当然要了解他对你所持的是何种态度和想法，而不是在被要求、威胁或诱骗的情况下就答应对方。

我并不赞成太开放的性，同样的，太保守的性态度，也可能会影响婚姻。

所谓的性关系，并非只是一种肉体的接触而已，对于提升心灵和情感上的契合度，也有一定的帮助。研究显示，拥抱可以增加人类的安全感，假使一个人根本就不愿意牵手或拥抱，那么要如何发展两人间的感情呢？

Choose with value

当心！失败婚姻的十大地雷

选择适合的结婚对象，可从"六大体检"来观察。

相对的，失败的婚姻也有一些可循的原因，这些原因称为"十大地雷"。

对于希望自己婚姻幸福的朋友们，请勿踩到婚姻的十大地雷，因为"预防总是胜于治疗"的。

地雷一：太快做决定

媒体曾经报道：一位女性跟另一半认识七天就结婚，一个半月后就离婚。

这就是踩到了"太快做决定"的失败婚姻地雷。

恋爱初期，总是天雷勾动地火，觉得对方什么都好，即使觉得某些部分不适合，也被恋爱的甜蜜感冲昏了头。

此时，若在不了解对方的个性、兴趣、家庭、背景、财务的情况下就仓促结婚，婚后就得经历一段比较长的适应、磨合期，无法适应的人，很可能会走上离婚的道路。

那么，到底要交往多久，才不算太快呢？

一项研究报告提到，男女朋友若交往两年后再结婚，婚姻之路会比较稳定。这可能是因为两年的时间不但走过热恋期，也经历过冲突期，并来到了感情的理智期，对彼此也更加了解的缘故。

地雷二：太年轻就决定

近来，女性的结婚年龄似乎分为两派：一派是年纪很轻就结婚，另一派则是过了适婚年龄才结婚。

相较于人生经历较成熟的"轻熟女"或"熟女"，年纪太轻就结婚的女性，似乎更容易做出离婚的决定。

二十岁以前，无论是在社会上的历练，或识人的经验都还不足，一旦婚后成为人妻，甚至扮演母亲的角色时，对她们来说，在心理上很可能还没有准备好。

因此，如果不希望回顾自己婚姻时，感叹地说着："都是因为当年年轻不懂事！"那么，请慎重考虑，到适婚年龄再结婚吧。

◎ 地雷三：有一方不得不急着结婚

很多人是为了结婚而结婚。急着要结婚的人，有时是为了逃避原生家庭（即父母的家庭），也许只是受不了父母的管教；也有人因为心里空虚寂寞，觉得已经有了身孕就赶快结婚；或是担心对方会改变心意或变了心。

无论如何，在这类原因下所选择的对象，到后来可能会发现：对方并不是自己的"真命天子"。

◎ 地雷四：为了父母而结婚

这个地雷通常会发生在"超过适婚年龄"的人身上。

随着儿女的年纪一天天增长，最着急的可能就是父母了，假如跟父母住在一起，而父母又是属于"掌控＋碎碎念"型的人，那么，可能就会在父母的期待下，跟自己觉得不是很适合的人结婚。

此外，也有不少熟女，是通过长辈的介绍相亲，且在长辈的保证下，就和对方结婚，这样的风险也是非常大的。

其实，没有通过任何实际的相处去认识一个人，风险是很高的。例如：

对方开车的时候，是否情绪上容易暴怒？

他是不是很讨厌小孩，一看到小朋友就忍不住心生厌烦？

当他的工作出现压力时，讲的是正面积极的话，还是谩骂、抱怨不断？

我们必须透过真正生活中的情况，来认识一个人，而不是为了成全父母的期待，就听信媒妁之言而结婚，因为真正跟他一起生活的人，是自己而不是父母。

地雷五：对婚姻有不切实际的期待

婚姻生活有着非常实际的一面，因此，当我们对婚姻有着不切实际的期待，而期待与实际有很大的落差时，自己就会很痛苦。

这些错误的期待如下：

婚后，一切问题都能解决；

婚后，一定能改变另外一半；

结婚后，就不会再寂寞；

有孩子之后，婚姻生活会更美满。

女性朋友在婚前最容易有上述这些不切实际的期待，尤其是很多女性认为生孩子会让婚姻更美满。不可否认，有些家庭的确是如此，但是，所有的原因与结果都不具有绝对性。

因为，结婚不是只为了生孩子，是为了有共同话题。

曾经有个先生告诉太太："如果一年内没有小孩，

我们就离婚。"这个太太听了，就真的努力地怀上了一个孩子。

结果，孩子出生了，先生更不常回家了，理由是他觉得孩子很吵，会影响他的睡眠。

其实，这对夫妻婚后多年都未生育孩子，这位先生最根本的目的是离婚，认定太太生不出孩子，就故意提出一个苛刻的条件来为难她。

在这个例子中，丈夫说的话着实令人感到非常讶异，然而，这个故事不仅是真的，现实中还可能有更恶劣的情况，比方说，就算妻子生下孩子，丈夫也可能会以"这个孩子长得又不像我"的无赖话当做离婚的理由。

一个人若想离婚，可以编出千百种理由，如果另一半说出这么离谱、过分的要求，一定要懂得分辨、理解对方之所以说出这种话的理由，理清他的动机，而不是自认为"照他所说的做，就能改变现状"，因为这也是一种不切实际的期待。

地雷六：对方有严重的情绪或个性问题

几乎每隔一阵子，媒体上就会出现"某某女星遭到家暴"的消息。

会对另一半进行家暴的人，通常都有着较严重的情

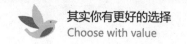
绪或个性不稳的问题。难道这些被家暴的女明星们，在婚前都看不出另一半有这样的危险因子吗？

一位有类似遭遇的女性朋友以"过来人"的心情说："我想，大概是女人的母爱天性使然吧！不然，就是无法分辨怎么样才算是有情绪问题。"

情绪问题分为两种，一种是外显型，一种是内隐型。

外显型的严重情绪，是十分容易辨识的。无论是易怒、暴怒、突然抓狂，或是口出恶言、威胁，甚至砸东西等，都是外显型的情绪或个性问题。

内隐型的情绪问题，则十分容易被忽略。明明心中不高兴，却会以不表达、不沟通、冷战、隐忍等无言的响应来表现，一直到受不了时，就突然火山爆发，然后一发不可收拾。

因此，未婚的朋友们，当与异性交往时，除了留意对方是否有外显型的情绪问题外，也不要忽略观察对方是否有内隐型的情绪问题。

❤ 爱的加油站

遭遇家暴要拨打"12338"妇女维权公益服务热线，这是由全国妇联设立的全国统一号码、统一规范的妇女维权热线，主要为妇女儿童提供法律、婚姻、家庭、心理、教育等方面的咨询，并受理有关妇女儿童侵权案件的投诉。此外，由于近来遭到家暴的男性比率也在上升，所以男性遭到家暴也可拨打这个热线求助。

地雷七：对另一半的角色期待不同

一个优质的婚姻，关键在于夫妻两人对于彼此角色的看法是否相同。

当男女双方认定"做太太的应该要……做先生的应该要……"时，这种自以为是的期待，对方未必会认同，短期间内因为彼此的"爱"还可以做一些牺牲与调整，但长期下来可能会因此身心俱疲或有所怨怼。

当一个男人认为"做太太的应该要……"，而他的另一半刚好都符合他所认为的太太的条件；而太太认为"做先生的应该要……"，而她的先生刚好也都做得到，那么，这对夫妻可说是不可多得的绝配。

一旦有一方对"家里的男人（女人）"的角色看法不同，那么，摩擦就会无可避免地出现。

地雷八：渴求自由

对于家庭的感受，每个人是不同的。

一个在充满爱的家庭中长大的人，对于结婚的想法是安全、幸福、美满、被爱；一个在匮乏且充斥负面想法的家庭中长大的人，对于结婚的想法则是害怕、辛苦、有压力、劳累，甚至有人觉得结婚会失去自由；更

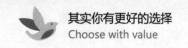

有人觉得没有安全感，并且担心害怕。

一个怕失去自由、怕束缚、怕压力的人，通常只渴望爱情而不渴望婚姻，他们会谈恋爱，但是通常是不愿结婚的。

跟这种人交往一段时间后，如果有了结婚的想法，而问对方："我们交往蛮久了，你有什么打算？我爸妈也一直在问。"对方的回答通常是："再等等，我们经济能力好一点再说。"

但其实，他就算经济能力变好，也未必会想结婚的。

除非是因为他家里一脉单传，或父母逼婚，不然就是已经有了小孩，所以不得不结婚。

可是婚后，如果他仍然觉得自己失去了自由，竟要受到这么多的束缚、压力与责任，那么他就不会准时回家，此时，做太太的将会不断地抱怨："孩子也是你的，你为何不负责？"

地雷九：欠缺安全感

一个没有安全感的人，经常会时不时地问另一半："你在哪里？""你现在在做什么？"

假如回答是："我现在正在路上。"他可能还会继续追问："你在哪一条路？说清楚！"

没有安全感的人，总是会忍不住使用"夺命连环

call"。此时，如果另一半是一个十分注重信赖感的人，就会觉得"你为何老是不相信我？这么爱问，总有一天我会受不了的！"

一旦真的受不了时，就可能出轨或是犯错；而原本就没安全感的人，就会更负面确定："我就知道天下的男人没一个可以相信！"

缺乏安全感的人一样渴望爱情，但他们不敢谈恋爱，就算谈了恋爱，一开始也不会完全付出，因为怕投入越深，受伤越大，所以，他们总会保持距离，除非确定真的爱上了对方。但即使爱上了，还是很没有安全感，如果他们喜欢的人是外型优秀、幽默、风趣、体贴，又善解人意的万人迷，当对方不在身边时，他们就会胡思乱想，想着对方跟异性同事共处时开玩笑的样子，回到家以后，也会动不动就质问对方："你是不是跟某某有什么关系？我看你们讲话的态度就跟别人不一样。"

没安全感的人，总是让另一半很累，自己也非常痛苦，而一旦走入婚姻，也会经营得很辛苦。

⊚ 地雷十：遇到道德感低＋易寂寞的另一半

道德感有时会让一个人面临外在诱惑时，较有抵抗的能力，也较能拒绝诱惑，且坚持守在彼此婚姻的盟约里。

相对的，一个缺乏道德感的人，如果又渴望爱情的滋润，此时，与另一半的关系假如处得非常不好，经常觉得"寂寞空虚"，那么一有机会，就很容易发生外遇或一夜情。

他们之所以会外遇，并不是想得到安全感，而是欠缺被爱与被呵护感（女性）、价值与肯定（男性）——原本以为在婚姻中可以得到的，没想到却跟他们想的不一样。

此时，假如刚好有一个认识异性朋友的机会，这名异性朋友又刚好是个懂得给予呵护和疼惜的人，可能就天雷勾动地火，"事情"大概也就这样发生了。

婚姻的"十大地雷"听起来似乎很多，但花点时间检视，对未来婚姻的经营是有帮助的！

第三章

让婚姻更美好的钥匙

男人和女人价值观的顺序，是完全不同的。

正因为如此，当遇到重大事情需要抉择时，男性和女性的决定也会不同，于是情感或婚姻就可能产生问题。

在离婚率极高的现在，为了让我们和另一半感情更好，无论是男人或女人，都需要了解两性的价值观。

已婚者适用，未婚者当然更不能不看！

Choose with value

当事业成为"第三者"，怎么办

事业和家庭，哪一个比较重要？

在男人和女人心中，两者的优先级别并不同，因此当事业杠上家庭时，就很容易发生问题，下面这一则故事就是很好的例证。

三十五岁的小郑在职场打拼了十多年后，终于被挖角，进入一家人人称羡的企业集团。

努力不懈的小郑十分受高层的青睐。

有一天，董事长请小郑到他办公室谈谈。董事长先是称赞小郑一番，接着进入主题："公司将要在大陆设立一家分公司，需要一位专业经理人担任总经理，我们都觉得你很不错，你有兴趣吗？"

不待小郑回答，董事长接着又说："当然，公司绝对不会亏待你，保障年薪是68万，奖金也照算。"

听到68万，小郑眼睛一亮，这个数字真是太吸引人了，而且一个男人可以被大企业这么的看重，更让小郑倍感光荣，他当然愿意到大陆一展长才。

不料，就在小郑即将离开时，董事长又追加了一句话："我刚才忘了说，由于董事希望新任总经理可以全心拼事业，前三年开拓大陆市场期间，各省都要跑，所以暂时是不能携带眷属一同前往的。"

"这我了解，承蒙董事长的厚爱，我一定会全力以赴。"小郑觉得董事会的考虑十分有理，很快就答应接下这份重大的任务。

令小郑意想不到的是，当他兴高采烈地与太太分享这个天大的好消息时，太太却完全不吭声，表情越来越难看，最后冷冷地丢下五个字："你去死好了！"

"陈老师，从那天到现在，已经整整十天了，我太太还在跟我冷战，你说，这件事真的有这么严重吗？真是不懂她在想什么。"

随着两岸的往来越来越频繁，类似小郑这样的例子，也越来越多。

男人不懂的是：被公司派到大陆，薪水变多、职位变高，女人有什么好不高兴的？

女人不懂的是：男人眼中难道只有事业，没有太太和小孩吗？

其实，这件事的选择与决定，完全是因为男人和女人的价值观不同所造成的。

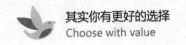
　　我曾经做过统计，将十个选项让两性按照重要性做排序，发现大部分男人和女人的价值观，有着极大的不同。

　　男性重视事业，在乎成就、尊重、敬重、肯定、支持、认同……

　　女性重视家庭，在乎安全、归属、被爱、呵护、疼惜、幸福、体贴……

　　由此可以了解，对大部分男性来说，最重要的事情是事业和成就；但对于多数女性而言，最重要的事情莫过于家庭与安全。

　　换句话说，大部分的男性在做决定时，会以事业为第一考虑，不让别的事情影响事业和成就感；许多女性则是以家庭为重，任何会影响家庭的事情，有时宁可选择放弃。

　　此时，事业心重的男人觉得自己的事业终于有了一番成就，因此当他们提到自己要被外派到大陆时，往往高兴到口沫横飞。但女人却一脸铁青，因为她们觉得失去了最想要的家庭和安全的感觉。

　　我问小郑："面对这人生难得的机会，如果要你不去，会不会后悔？"

　　小郑猛点头说："应该会。"

　　"但是你去了，可不可能也会后悔？"我再问。

　　"一定会！因为我老婆会先让我后悔！"小郑无奈地回答道。

优质的婚姻是0.5+0.5=1

在婚姻关系中，并非一加一等于一，好的婚姻关系应该是零点五加零点五，成为一个完整的一。

因为婚姻是有责任的，责任必有所牺牲。所谓的零点五，指的就是彼此需要包容、体谅和忍让。来自不同家庭的两个人，要完成一个有共同目标的婚姻关系，彼此不免要做某种程度的调整与修正，如果只愿意为自己而活，那么，这个婚姻势必存在着某种程度的风险和危机。

当老公有升官外派的机会时，做太太的心中一定会出现两种声音。

首先，你会怀疑自己真的可以剥夺另一半的梦想吗？

接下来又会想：我若是让他去了，他在外地包二奶，那怎么办？教育孩子的问题又该如何解决呢？

我也有不少朋友被公司派到国外，近者两个月回台湾一次，比较远的可能要一年半载才回家一趟。当然也有不少的女性告诉我："真希望他出国久一点，他不在，我和孩子才自由。"

我们发现，如果另一半在婚前就是比较自私、不以家庭为主的人，婚后通常也是不大愿意负责任的人。

有些女性明明知道自己无法忍受丈夫长期外派，也知道交往的男人很有可能会在外地工作，却未在婚前将

这件事纳入婚姻抉择的考虑，这对男人来说，也真的不是很公平。

假如在婚后老公有外派的机会，而做太太的又不想剥夺他的梦想，那么，比较积极的做法是仔细思考：当老公长期住在别处时，有没有方法能够维持你们俩彼此的关系，亦能加强彼此感情的联系？（例如，晚上一定要通电话、每天互发短信，为彼此加油打气。）

以台湾目前的生活形态来说，夫妻分住两地可是屡见不鲜。有些人在老公离家工作后，只在刚开始时联系较为频繁，久了之后就松懈了，心里想"他不会乱来的"或"他在忙"，其实，太太应该更用心经营婚姻，哪怕先生的老板要求他短时间不能带眷属去大陆；或是经济上不太允许，但是做太太的还是可以在重要节日时，自己去大陆找先生，就当成是度个小蜜月，这样也不错吧！

另一方面，先生也要想到，太太是为了成就你而做出的牺牲，她愿意成就你的梦，你更应该回馈给她应有的呵护与照顾，而不只是金钱。

先生应该要做的事情其实并不难，比如，一条爱的短信、一句爱的话语，重要节日的卡片、礼物，都可以为彼此爱的关系加分，情感更加紧密。你还可以主动邀请太太来探视，浪漫地告诉太太说："我知道来一趟要花一些钱，但我们就当做度假，好吗？因为我好想你。"

这样，保证太太一定会十分感动，也不会因为男人外派而心怀怨怼。

倘若您是位男性读者，千万不要说："这么恶心的话我说不出来！"如果您的妻子为了这个家，为了成全您的梦，而您愿意打破自己的限制，说一些让她欢喜感动的话，让她觉得为您所做的一切牺牲都是值得的，那么这些话所带来的回报就是"无价"的。

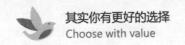
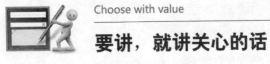

Choose with value

要讲，就讲关心的话

有一次，我在机场时听到一个二十五岁左右的男性跟妈妈通电话："妈，我是阿荣啊，鱼要记得喂哦！不要让它饿死；还要记得遛狗，免得它闷死！"

讲完这些话，他就挂电话了，令坐在一旁的我惊讶万分。

我惊讶的是，为什么他不是跟母亲说："妈，我要出国了，你要记得照顾自己，我会想念你。"这类关心的话语，而是要母亲帮他负本来他应负的责任？

其实，类似的事情，也经常发生在两性之间。

你存了"爱的存款"吗

我们都知道要储蓄金钱，以免需要用的时候没钱可用。

爱也是一样的。

有一次，我在餐厅用餐，隔壁坐了四个女性，像在商讨什么大事似的。

由于餐厅的桌子排得很挤，一不小心，就听到其中一个女人精疲力竭地说："我这么爱他，他却一点回应也没有，现在我不想再这么累了，我决定放手。"

爱和钱虽然是不同的性质，但"使用情形"却很相似。

不在银行存钱，就没有钱可以提领；不懂得存爱，总有一天，爱也会枯竭的。

正因如此，只要一有机会，我就会提醒大家，每天都不忘存一点"爱的存款"。

那该怎么存呢？

方法很多，最简单的方法就是聊天。

我们知道很多男性在外面工作，累了一天，回到家只想休息，但女性却很重视聊天，甚至把聊天视为两人交流的管道。因此，先生回到家后，别忘了陪太太说说话，听听她今天发生了什么事，有什么想法。

尤其是当太太主动与丈夫分享一天的经历时，先生若是没任何反应，光听不说，她可能会怀疑先生不想听，甚至根本不在意她。其实，我们周遭许多已婚的女性朋友，她们最大的抱怨就是老公回家都不爱说话。

因此，即使身为讲师和公司负责人的我，每天在外面花很多的时间说话，还是要求自己回到家，无论如何都要跟太太聊聊天、说说话，就算非常疲累了，也要听太太说话。这不仅是关系建立的好时机，更可以了解彼此工作或情绪的状况。

在一次的演讲上，我说出了自己的经验，下课后，却有一位男性学员跑来问我："陈老师，我每天都有跟太太聊天，可是她还是觉得我不爱她，真不懂女人在想什么！"

"那你每天都跟太太聊什么？"

学员告诉我，他们每天说的话也都很类似，像晚上吃的食物、该添购的家用品之类的琐事。

"那你太太怎么说？"

"她都说不知道要跟我说什么才好，还抱怨我们吃饭时都没说话。"

"那你吃完饭后，都做些什么事？"我又问。

"我就看电视或打游戏啊！"

这就对了，他虽然说自己每天都陪妻子聊天，但是算算时间，加起来不过是五分钟罢了，这种所谓的"聊天"，也是"无聊的一天"的话语，甚至连吃饭也不说话，只是两人安静地看着电视，这并不是真正的聊天，对于维持双方感情，也没有多大的帮助。

此时我拿出了一个塑料袋，并将袋子剪了一个大洞，告诉学员："假设，这是一个爱的存款袋，每天都流失100ml，你每天却只给太太5ml，太太当然会感觉你不爱她。"

除了聊天，先生也可以用别的方式来储存这笔爱的存款，让太太感到每天都与你有爱的连系关系，而这秘诀就是"说关心的话语"。

例如，在中午时打电话问太太："吃饭没？不要忙过头又忘了吃哦！"或是趁上班空当拨个电话，告诉太太："我今天很想你。"将这类关心的话语当成维持双方情感的必要动作。

不过有男性学员告诉我："老师我真的这样做过，但你猜我老婆说什么？她说：'你到底要干嘛啦，说重点！'让我把好不容易培养出来的情绪，瞬间跌到谷底，只说了一句'你保重'，就匆匆挂了电话。"

在此要建议女性朋友们，当你的老公为了彼此关系，做了一些修正与改变，应该给予极大的鼓励与肯定，因为这对许多男人来说，是需要莫大的勇气的。

或许，不少男性朋友自认是"爱在心里口难开"的类型，总以为她一定知道的，就是说不出亲密的语言。那么，各位男性朋友们，仔细思量：如果这些爱的话语真能带给你更多的"安全"与"清静"，回报的代价不是很值得吗？

当然，如果你本来就有维持亲密关系的一套方法，那么，你当然不需要有任何的改变；但是若过去的方法

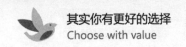

总是行不通，自己就是爱在心里口难开，不擅表达感情，相反的，如果你的太太很需要你爱的表达，很显然，爱的存款就更重要而且必要了。

感情维系的关键是：做我们该做的事，而不是做我们习惯或喜欢的事。有价值的事物是要付出代价的，美满婚姻的价值是不断累积得来的，不要只陷在自己的好恶里。

一株长得茂盛的植物，是因为主人按时洒水施肥、拔除杂草，植物才能茁壮生长、延长花期。两性美好关系的建立，也是如此。假使每天都给，但是质量不足，或是久久才给一次，一次给予很大的量，这都无法让关系更加美好。

Choose with value

结婚后，另一半怎么就变了

就某种程度而言，价值观是一种感觉。

例如，买房子时，不管过程中多么理性分析，最后买的不外乎是"感觉"，包含了温暖、舒适、安全、归属、成就、满足……

男人较重视的感觉是成就感与肯定，这种感受大部分在工作中比较容易得到。

女人则把家庭当事业，更渴望从家中获得被爱、疼惜与呵护，在意的是幸福、浪漫、体贴、温柔等感受。

这些感觉，在婚前男女双方都曾经"感觉"到，但婚后的男女双方，给予对方的是什么呢？这是值得大家深思的问题。

从浪漫片变武打片的婚姻

某日午后，接到一通电话。

在电话那一头，是我未曾谋面过的 T 先生，他在因缘际会下知道了我们公司有提供两性婚姻咨询的服务，他很客气地预约了时间，希望我能帮他挽救婚姻。

在我的咨询客户中，八成都是女性，男性只占两成，这应该是因为男人较爱面子，在乎别人的看法。所以，如果是男性朋友主动寻求婚姻咨询与辅导，通常这段婚姻是比较有希望的。

电话那一头的 T 先生，说话斯文，感觉也很诚恳，不知道他的婚姻出现什么问题。

"请问是陈老师吗？"传来了客气的说话声，想必就是 T 先生了。

坐在咨询室的我一抬头，差点被眼前的景象给吓到。

没想到，说起话来斯斯文文的 T 先生，竟然是个身材魁梧，仿如巨人的彪形大汉，他的模样就像一般人印象中会对老婆家暴的老公那样。

"老师……" T 先生坐定后，低头不语，眉头深锁了好几秒。

当我正想起个头与他展开对话时，此时，他竟掉下眼泪，而且越哭越大声。

一哭，就是二十分钟。

"T 先生，我很想帮你，但是你的太太再过十分钟就要进来了，你再不说，我也不知道该怎么处理。"我在进行婚姻咨询时，通常会与夫妻俩一对一先后谈话，以免两人一起谈，气氛会变得很僵。

"老师，那我先给你看个东西。"

止住泪水的 T 先生突然脱下西装跟衬衫，露出满布抓痕、咬痕与淤青的赤裸上半身。

"这是谁弄的？"我大吃一惊。

"当然是我太太。"

"究竟发生了什么事？"我十分讶异 T 太太为何要这样子对待 T 先生。

"老师，我太太……歇斯底里，一吵架关起门来就……家具乱砸、西装乱剪……"

"打就打，为何要把你弄得如此不堪？"

"老师，您有所不知。"T 先生回答，"在每次吵架的时候，只要我愿意让她在我身上做处罚，她就不会破坏家具了，因为家具用品是要用钱买的，身体是可以慢慢复原的。"

T 先生的答案，让我哭笑不得。

也就在此时，敲门声响起，想必正是 T 太太。

看见 T 太太时，我更讶异了。

和 T 先生的身材相比，身高150cm都不到，又瘦又小的 T 太太显得更形娇小，令人难以想象施以家暴的人竟然是她。

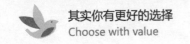
我请 T 先生离开，接着与 T 太太进行协谈，听她述说事情的经过。

原来，他们夫妇已经结婚十二年，有两个读小学的孩子，夫妻俩的教育方法不同，公婆又介入小孩子的教育。

这对夫妻的第一个严重问题是亲子教育，另一个大问题是双方感情恶化。

T 太太说，在结婚的前三年，他们其实是非常恩爱的，T 先生对太太疼爱、呵护有加。但不知道为什么，到了近几年，老公却变成另一个人，以前是六七点就回家，后来变成八九点，现在竟然变成午夜十二点半。

于是，T 太太开始怀疑老公有外遇。

每次，只要为了教育孩子问题及怀疑先生的不忠，两人就开始吵架，然后越吵越凶。于是，从小就在父亲打骂下长大的 T 太太，也开始学习父亲，对先生又骂又打，有一次甚至拿着棒球棒，在街头追打老公。

从浪漫爱情电影，演变成武打片，在我们周围是不是也有这样的夫妻呢？

男人究竟要什么

虽说人不可貌相，不过，以 T 先生的模样，发生外遇的概率其实不高，当然，外表跟外遇没有绝对的关系。

此外，调查也显示，75%的外遇对象不见得比元配长得好。

既然外遇对象没有元配好，那么男人又为何会出轨呢？

其实男人不论成就有多高，内心有多深的挫败感，一辈子最大的渴望，就是要获得妻子对他的敬重、支持、肯定与认同。如果他长期得不到这些，就有借口不负责任，把目标向外移转，本来每天只要工作八个小时，后来就变成十、十二个小时，甚至十六个小时。

此时，如果有另外一位女性出现，并且常常以言语支持、肯定他，以敬重态度与他相处，甚至用仰慕的眼神望着他，大部分的男人都会把持不住，马上就"阵亡"了。

回到T先生的故事。

我问T太太："你打了老公，老公的行为改变了吗？"

"我就算跟他好好讲，他也是不改啊！如果我不下重手，他怎么会改呢？"

"你动用暴力，能砸的都砸了，在你动手的当下，先生也许改了，但是过几天后却又故态复萌，你发现了吗？"

T太太顿时说不出话，我接着说："可见，你的方法只在短时间内有效，但不可能长期改变，不是吗？"

我又问："你是否想过，对你老公而言，到底要用什么方式，他会比较愿意调整与修正？"

"这种人不会改的啦。" T太太笃定地说。

"不然你想想，你先生比较听得进去谁说的话？他是如何说话的？跟你哪里不一样呢？"

T太太想了一会儿，说出一个人的名字，然后告诉我："他会肯定我老公，然后听他诉苦、认同他。"

"这就对了，你为什么不试试看也肯定你先生？"

"老师你不知道啦，这种人没什么好认同的！" T太太再次贬低T先生。

其实，T太太对待T先生的模式，正是"只提款而不存款"的感情。T先生并非不想早点回家，而是他知道回到家看不到好脸色，所以他宁可晚回家，借故忙于工作，避免冲突的发生。

我告诉T太太："你先生其实非常爱你，你试着想想，以他的身材，一掌就能把你打晕，但为何你一再对他施以暴力，他却不对你以牙还牙？如果不是对你有很深的爱，你想他会做出什么事呢？"

听了我的分析，T太太顿时低头不语。

"所以，你愿不愿意因为先生行为上有些小改变，而改变自己对待他的方式呢？"

"如果他改了，我当然也会改，问题就是他根本没什么改变啊！"

听到 T 太太的回答，我话锋一转，又问："那你当初为什么要嫁给他？"

"当初，我觉得他幽默风趣，温柔体贴。"

"现在，你的老公仍然保有这些特质吗？"

"我就是都没看见了！" T 太太不满地说。

"那你觉得当初为何你的先生会喜欢你？"

"因为我漂亮、聪明，挺会撒娇而且很温柔。" T 太太满意地说。

"所以，很显然的，你也变了！"我告诉 T 太太。

听了我的结论， T 太太当场愣住了。我接着说："你变了，你先生也变了，我不知道是谁先变，但是，如果你期待老公回到原本的样子，你才有办法重新爱他，请问：除了你老公要改变之外，还有谁也应该改变？"

婚姻，不该只是"彼此生活着"

在中国台湾，大约每9.8分钟就有一对夫妻离婚。

不只离婚率高，外遇的概率也非常高。

无论是离婚或外遇，与个人的价值观均有着十分紧密的关联性，而价值观又与家庭有着密切的关系，偏偏中国台湾目前普遍的情况是家庭关系特别脆弱，即使太太知道要敬重丈夫，丈夫也明了应该疼爱妻子，但还是做不到。

这是为什么呢？

曾经有一位事业有成的女性来咨询，当我问她"为何无法敬重自己的丈夫？"时，她瞪大眼睛看着我说："老师，我难道不知道要敬重丈夫吗？问题是你没跟他一起生活，你如果看过他那副死人德行，谁还能敬重得下去？"

的确，有些人在外面对同事、朋友是谦冲和善、亲切有礼，回到家里，对越亲密的人却越缺乏尊重；对外人、客户是谈笑风生、幽默以对，对家人却是闭口不言、沉默不语；事业上是积极努力，对家庭却是丝毫不想用心经营。

其实，就算事业已功成名就，但是婚姻家庭如果破碎不堪，这样的人生又有什么意义呢？

我曾经看过许多幸福美满的婚姻，并发现这些夫妻都会刻意用心地"经营婚姻"。

婚姻是需要经营的，偏偏很多夫妻并不在意彼此感情的经营，只做应当做的事情，只是彼此在一起生活而已，如同是住在一起不熟的家人。

经营婚姻需要刻意，是要有心，如同事业的经营一样。即使工作再忙碌，夫妻两人也该不定期挑个时段，放下工作，一起去喝下午茶、看电影，或是两个人都请个两三天假，一起去度个假，重温过去的甜蜜与激情。

很多人偏偏对另一半不经营，却经常与同事朋友培养感情。比如，时不时地买个小东西，请办公室同事们吃；或者跟同事一起去唱歌、看电影；面对同事时，通常也不会口出恶言，还经常给其加油打气。

我们通常储蓄很多同事情谊，但却提领太多亲情与爱情，这两者当然是很难平衡的。

还记得前面所说的"爱情存款"吗？如果每次只加5ml水，但却让它流失100ml，这种关系或感情迟早是会枯竭的。

如同一块土地已经干裂，如果只下一分钟时间的雨是没用的，必须要有持续的雨水，才能滋润已经干裂的大地。

男人要给女人爱的存款，女人当然也要给男人爱的存款。假使希望自己的婚姻幸福美满，那么就从现在开始存款，让我们再重享甜蜜的爱情。

♥ **爱的加油站**

时间是关系建立的必需品，不是奢侈品。关系要经营就必须付出对等的时间。

Choose with value

两个人由互补变冲突，
怎么调整

"我再也受不了我的老公了，再这样下去，我只想离婚！"C小姐大喊。

外表干练的C小姐，是一家公司的老板，说起话来言辞犀利，也十分强势。偏偏，C小姐的先生却是一位很温吞的男人，在C小姐眼中，他不但不果决，还非常懦弱。

C小姐和先生常常吵架，甚至已经闹到要离婚的地步，在亲戚的劝说下，前来寻求咨询帮助。

在我面前，C小姐一开口就先数落丈夫的不是，一说就是三十分钟。

"我很好奇，在结婚之前，你的先生就是这样的个性吗？"我问。

"当时他什么事都听我的，让我做决定，所以我觉得他很尊重我，没想到婚后还是什么都不做决定，我经常想到底他是男人，还是我是男人？"

C小姐告诉我，在交往时，所有的大小事，都是她在决定，当他遇到问题时，也是她第一个挺身而出，现在想想，自己当时还真的是被爱冲昏了头。

C小姐和先生的互动模式，其实也是许多人的翻版。

很多人在彼此的关系中，常常扮演的是拯救者的角色，为了拯救对方，大事小事都帮忙，并以为这是一种爱的表现，但婚后却发现自己越来越看不起对方，关系也就越来越糟了。

从C小姐的口中，我得知她先生的父亲是个军人，对儿子采取强势的管教方式，至今依然是如此，因此，初识他的人，都觉得他是位礼貌谦逊的男性，殊不知他只要碰到讲话较严厉、大声的人，整个人就会退缩了起来。

偏偏C小姐就是这种讲起话来又急又快又强势、令先生不由自主退缩的人。

看到这里，让我们觉得奇怪的是，既然C小姐是这么一个不好惹的女人，为什么她的先生还要娶她呢？

原因就在于"自我投射"——他爱上了自己期望却做不到的典型。

一开始是因为互补而相互吸引，交往后，却发现彼此个性的差异太大了，但已经陷入婚姻里了。

也就是说，C小姐和先生的婚姻所浮现的问题，是

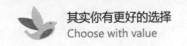

在彼此原生家庭中早已存在的因子，两人结合后，就产生更大问题。

我试着引导C小姐开始以同理心思考对方的处境，进而接纳对方。

"如果你也在那样的背景下长大，你有把握不会变成像你老公一样的人吗？"我问。

在爱中和好，这样做

有句话说："可恶之人必有可怜之处！"一个有某种行为模式的人，往往是受了过去成长背景的影响，一旦了解对方的过去，就会多一分理解，并能接纳对方。

相信像C小姐这样觉得另一半很没用的人并不算少数（当然也有些做丈夫的，开口闭口就说老婆很笨）。

当我们想要鼓励另一半，希望他振作起来时，该怎么做呢？

C小姐的做法是直接告诉老公"你应该这样做才对"，但是对于她的先生来说，他需要的是太太的敬重与鼓励，而不是教导与指责。

唯有爱，才能令这个男人振作起来。

我告诉C小姐，从男性的价值观来看，男人都希望得到女人的敬重。

听到敬重二字，C小姐立刻摇头说："很难，我想不出来他有什么地方值得我敬重。"

"当然，你也不必立刻就要敬重对方，因为你的心里还是不服。"我回应道。

我告诉C小姐，她只需做两件事。

第一步是放慢说话的节奏，不要去教导先生，也不要给他建议，而是引导他，让先生成为家里的头，由他来下决定。

"一开始时，你的老公因为还没有足够的自信，可能也不敢做决定，所以请你告诉老公：'老公，我觉得很多事情你的想法比我还成熟，过去我好像太过主观了，我发现有些部分我错了，觉得自己的一些话，伤害了你，也让我们婚姻关系变得更冰冷。老公，那是我的不对，我应该尊重你的意见才是。'"

道歉，是第二步。

我问C小姐："道歉对你跟你丈夫都有帮助，同时你的孩子也会从你身上学到柔软及认错的勇气。你有勇气道歉吗？"

C小姐并未点头，但也没有反驳。于是，我开始传授C小姐"道歉的技巧"。

道歉态度好，愿望能达到

道歉，不只是说说就算了。

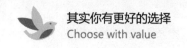
道歉的目的，是让对方能感受到你的诚意，有心改变自己，同时重建彼此的关系。因此，良好的道歉态度要比技巧更重要。

我告诉C小姐的"道歉技巧"如下：

道歉是必须具备同理心，且尊重对方，更必须发自内心、真心诚意，否则根本称不上道歉。另外在道歉时，也必须确实陈述道歉的原因，好让对方明了，是真的知道自己错在哪里，而不是一句"对不起"就想敷衍带过，因为对某些人而言，他们是无法接受不清不楚的道歉的。

此外，倘若道歉后，另一半掉下了眼泪，一定要向前拥抱他（她），同时也不忘说一些话，比如，"老公（婆），我再次向你道歉，但是我真的很爱你，我们一起努力，好不好？"

C小姐听了我的话之后，若有所悟，在离去前，她答应为了这个家，愿意试试看。

用放大镜看改变，关系会更好

五分钟后，C小姐的先生也来到了咨询室。

一坐下来，我立刻告诉他："你太太很爱你，也知道你真的很棒，否则当初就不会选择你，刚才我跟她谈了之后，她知道自己的方法可能是不对的。"

C 小姐的先生听了我的说法，表情很惊讶，并带着一些感动。

"回家后，你的太太或许会有一些改变。"我接着说，"当你太太在言语上做了改变时，哪怕只是一点点，你都要谢谢她，否则她好不容易鼓起的勇气，会缩回去，而且也许改不了三天，情绪又来了。所以，在这三天，当她的情绪还维持得住时，就肯定她，如果她为你做了一些事，隔天早上要记得对她说：太太，谢谢你，你昨晚对我说的那句话，对我来说很重要，我觉得我们的婚姻可以重新来过，我好像找到当初爱你的感觉，我要谢谢你愿意为我们这个家庭努力，我真的很爱你。"

C 小姐的先生一边听我说，一边点头。

因为我担心他回到家一看到老婆的样子就说不出话来，所以现场带着他做了多次的角色扮演练习，直到觉得放心，才告一段落。

看到他的反应和用心地练习，我想，这对夫妻还是很有和好的希望的，因为有些人虽然知道另一半有所改变，仍然不愿意做任何响应，反而还带着看好戏的心理，心中想着"我看你能改多久"——这样的心态，将会重重打击当事人改变的意愿。

当一个人有所改变时，另一半一定要有善意的响应与肯定，他才有持续改变的动力。如同我们从台北开车到高雄，如果只加一点点油是不够的，距离越长加油的

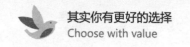
次数就要越多，这样才能到达目的地。

很多人改变不了多久，就又"回到原点"，最大的原因并非"死性不改"，而是因为周遭的人均没用放大镜看见这个人的改变，让改变的人觉得很气馁，于是又回到原来的自己。

不只婚姻如此，在企业里也一样，很多部属缺乏持续改变的动力，有时是因为他好不容易做了修正，主管要么是看到了却毫无反应，要么就是随便说一句"最近不错，好好干吧！"诸如此类的话，对于部属来说，根本起不了任何鼓舞的作用。

人与人相处，互动的方式和感觉是很重要的，用真心诚意开口说出赞美的话，能强化一个人持续改变的动力。所以，请别吝啬你的鼓励、赞美的话语，相信这可以为别人带来巨大的激励作用。

♥ 爱的加油站

女人最大的武器，并不是眼泪，而是撒娇。

在处理两性问题时，我经常会一人分饰两角，有时要教太太如何跟先生说话，有时又要教先生怎样与太太说话。

我发现有些太太会说："老师，我觉得你说的话真的很感人，可是，我就是不会撒娇。"

我也会开玩笑说："就是不会，才要学啊！"

因为如果撒娇能增加彼此婚姻或感情的亲密度，为什么不尝试看看呢？

大部分的人只是一开始不习惯罢了，并不是绝对不会。更何况，大部分女人在谈恋爱时，都很会撒娇的，不是吗？

坚强很好，但女人不要过度坚强；大事小事都会做，也没关系，但不要什么都自己做，如此才能在婚姻里得到应有的照顾。

撒娇也不见得就要嗲声嗲气，而是有时候明明就是不会做的事，就不要硬着头皮去做，有时女人就是需要真实展现自己脆弱、柔弱的一面。

有的人会觉得撒娇，让人很恶心，但在爱的关系中，撒娇也是让夫妻两人感情润滑的方法之一！

如果想找回当初热恋时撒娇的感觉，另一半或许会觉得很惊讶，但只要日子一久，他也会习惯成自然的。

Choose with value

离不离婚？从价值观来思考

在进行婚姻咨询时，我们只能协助当事人理清问题与现况，同时帮他找出资源与助力，找方法解决问题，而不是帮当事人选择与决定。

W小姐住在南部，有三个小孩，从电话中，我得知她的先生经常不回家，酗酒好赌，一回家就是伸手要钱，不给就揍人，而且还留了二十几万的赌债由她偿还。

忍无可忍的W小姐，曾经提出过离婚的想法，老公听了，不但把她痛打一顿，也将孩子毒打一番，她曾想过要报警，但先生恐吓要对她的家人不利，她只好打消离婚的念头。

W小姐向朋友诉苦时，朋友竟然劝她："如果你离婚了，孩子就没父亲了。""哪对夫妻不吵架，忍耐一下就过了。"

当她告知婆婆时，只得到一句："你自己要检讨，否则我儿子会对你这样吗？"

种种的状况，让W小姐陷入恐惧且愧疚的情绪里：离婚不对，不离婚也不对。

W小姐的故事让我想起，许多有孩子的女性朋友，在考虑要不要离婚时，通常都会以"孩子"来做考虑，像"我不能离婚，不能让孩子没有完整的家"、"要不是为了孩子，我早就离婚了"之类的话。

其实，孩子能不能健全地长大，重点在于教育，而不是单亲或双亲的问题。因为并非单亲家庭的孩子就必然在人格、情绪或感情上有缺陷，如果父母给孩子的教育方式不正确，即使在双亲家庭下长大的小孩，也是会变坏的。

尤其像W小姐的先生，不只是施暴而已，更是吃喝嫖赌样样来，回到家就伸手要钱，索求无度，恐吓相向，还对孩子拳打脚踢。

想想，哪个女人能受得了这种生活情境？有这样的爸爸，孩子又会有什么样的想法呢？

当然，请不要误会我的意思，并不是鼓励离婚，因为离婚了也不见得就可以解决所有的问题。在某些个案中，许多人是不愿意面对婚姻这个学习功课的，例如，责任、忍让、包容、宽恕、爱等，以为离婚就可了结一切，就如同棋下到一半，发觉稳输不会赢的局面时，就大手一拨，拨乱棋盘，干脆再重新下盘棋，但是人生并不是如此简单，哪能说重来就重来呢？

我问W小姐："你的想法呢？什么决定才是能令你

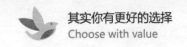
和孩子们活得健康且让孩子能平安长大呢？"

W小姐低头沉思许久说："其实我很想离婚。"

"如果选择离婚，首先必须思考最大的风险是什么？例如，他会恐吓你全家，那么家人支持你吗？家人能否做一些防卫措施？如果能得到家人的谅解、支持与认同，至少在亲情上可以无后顾之忧。"

"第二个要想的是，当初你不敢离婚，是因为对方恐吓你，而且有三个孩子要养，你会担心离开居住的地方，找不到工作可以维持生活，而家人在经济上又不够宽裕到足以支持你。那么，你有没有办法借到一笔钱？这笔钱足以让你离开原来的地方，在半年之内又可以安全无虑地过生活？"

"我认为，经济是非常实际的，你一个人要独力负担三个孩子的生活开销，毕竟是非常辛苦的，所以短时间内，经济要没有后顾之忧才好。"

"第三，孩子们是否仍然在乎这个爸爸？孩子见到父亲，是觉得亲密还是恐惧？这个也是要考虑的部分。"

我再告诉W小姐："无论如何，你要想想，该选择什么方式对自己是最安全的，同时也可以保护自己与孩子；有哪些值得信赖的好友可以提供一些支持与协助；在现阶段中，你更应该积极地做一些准备和预防的工作，在经济与孩子的教育上可以事先计划一下。你若能这么做，是比较安全的。"

在给予W小姐这些建议后，我就再也没有接到过她的电话了。

多年后的某一天，我到中部演讲，一位女性朋友等到听众都离开后跑来找我，说："老师，你可能不认识我，但是我认识你。"

原来，她就是W小姐。

她告诉我："老师，我要谢谢你，我们讲完电话后，我鼓起最大勇气，做了那个决定。现在我与三个孩子活得非常好，经济状况也还可以，我已成功离婚了。这几年我的变化很大，在网站上看到你有演讲活动，就赶到台中来，因为想当面跟你说谢谢。"

听了W小姐的话，我觉得十分感动，也为她们母子能重新开始生活而感到高兴。没料到，多年前的一通电话，自己所提供的建议，竟可以帮助别人，使他们的生命有了一百八十度的转变。

❤ 爱的加油站

其实，像W小姐这样，饱受婚姻之苦的女性应该还不算少，而导致这些女性迟迟未下离婚决定的因素，可分为三种：

一、为了孩子，以为如果离婚，家庭就不健全，孩子会变坏。然而真相并非如此。

二、为了钱，觉得自己没有经济独立的能力。

但是仔细想想，你是否真的没有经济能力？经济独立不见得要过优越的生活，每个成年人要做到"温饱"，应该不是很困难的。相对的，不论自己的经济能力状况怎样，一技在身是很重要的！

三、情感上的依赖。曾经遇到一个学员说："我被老公打了十一年，刚开始他打我，我心很痛，但是打到最后，已经习惯了。为何后来我会接受他打我，不打还不习惯？因为我知道他打我表示他爱我，如果不爱我，不在乎我，他怎么会想要打我呢？"

当一个人对错误的生活形态或习惯，有了自以为正确的因果联系，这是很遗憾的。这名学员从小就被父母灌输"打是情，骂是爱"的观念，长大后被先生打也自我催眠，直到听了课程后，才重新省思。

Choose with value

树立界线，才不会让自己 "里外不是人"

关于婚姻中的暴力，无论是肢体暴力、精神暴力或语言暴力，其形成原因的确不少，而"缺乏界线"也是主因之一。

请问：如果有人将垃圾放在你家门口，你会怎样呢？

你也许会大声吼他："你这个人莫名其妙，把垃圾倒在我家门口，做什么？"

如果对方不响应就跑掉了，那么，你是不是只在嘴里骂一骂，然后就自己清掉那些不属于你的垃圾呢？

倘若这样的事情一而再、再而三地发生，有一天，你若不再让他倒垃圾了，他还会指责你说："你变了，你以前人很好，都帮我清垃圾，你的爱心到哪里去了？"

在人与人的关系上，也是如此。对方看我们第一次没有激烈地反抗，第二次就会再做出同样的行为。当我

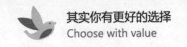
们不想再负担别人该负的责任时，就从拯救者变成受害者或迫害者，从此进入恶性循环的三角关系。

为了不让"不该发生的事情发生"，人们应该一开始就建立健康的界线。

婚姻关系如此，亲子教育更是如此。

很多父母亲在管教孩子时，因为没有界线，所以常被孩子的情绪或行为勒索。

曾经看到一则新闻：某个母亲带小孩去逛夜市，小孩想要一个玩具，妈妈不买给他，他竟然当场撒野，一直狂叫，还抓妈妈的头发，在越来越多人围观之下，小孩更是哭闹不休，逼得妈妈只好买了。

这样的决定，会让小孩觉得撒野有效，于是在成长的过程中，孩子常会以撒野的手段来达到他的目的。小时候只是为了要玩具，家长如果没有正确的教育与引导，长大后可能会为了金钱，什么事都做得出来。

为了教出健康心态的孩子，父母亲一定要有界线的概念。

"界线"就像皮肤，保护五脏六腑，抵御细菌侵入。人的生命也该有界线，当别人将他们的东西丢给我们，错本来就在他，我们是不该为他负责的，否则他是永远学不会自我负责的。

一个有界线的人，懂得保护自己，也会让别人知道哪些要求对他而言是没有用的；一个没有界线的人，凡事都答应，到最后只会让自己里外不是人，十分疲惫。

所以，不管是谁，即使是很亲近的关系，都应该建立起彼此之间的界线，以免走到"里外不是人"的处境。

Choose with value

不必天作之合，而是彼此适合

曾经问过许多夫妻：当初你们俩为什么会结婚？

"当初想，既然我们的感情不错，那就结婚吧！"

正因为结婚时，不清楚婚姻和家庭是怎么一回事，也不明白婚后该做哪些调整跟改变，当甜蜜期过了之后，争执冲突也就发生了。

婚姻和谈恋爱是截然不同的，谈恋爱时多半感性，婚姻则是既要有理性的一面，也要有感性的一面。

理性的部分指的是，在结婚的两年内，要建立起和另一半的共识——经济分配、权力分配与生活形态，例如，家庭支出如何分摊、家务活的分配……都要建立完整清楚的处理方式。

一旦过了两年，彼此的角色定位、权力分配已定型，届时要另一半再做改变，将会困难重重。

在感性的部分，则是在前文中一再呼吁的"爱的存款"，以及营造让夫妻俩感情更好的互动情境。

请给男人洞穴时间

进行婚姻咨询时，我常发现：很多女人非常爱另一半，却因为不懂如何与男人相处，导致两人的感情越来越恶化。

此时，我就会以养宠物作比喻来开导她们。

当我们决定要养狗时，都知道不能用养猫的方式来养，因为猫与狗的性情、天性是不同的。因此，绝对不会丢个骨头，叫猫捡回来。

但是，我们却常用不合适的方式来对待另一半。

例如，许多女人都觉得跟另一半难以沟通，受不了男人"有问题为何不讲？"

因为，我们是用女人的方式来对待男人。

"有问题就讲"这是大多数女人的模式，可是，大部分男人常常是不讲、不沟通的。

男人是隐藏性的动物，不只需要洞穴时间，时间还很长；男人习惯躲起来，而且躲的时间很长久。

女人，当然也有洞穴时间，但不会很长，大概半小时或四十分钟，就已经算很长的了，她们希望能跟男人好好谈清楚，理清问题，希望下次不要再犯同样的错误。但是男人的洞穴时间，可能要两个小时甚至几天，

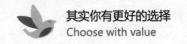
女人若是硬要将男人抓出来，两个人就会有争执，往往也不会有好的结局。

◎ 不必天作之合，而是彼此适合

欧美人常常认为：既然我们的价值观不合，那就离婚吧！

近来，日本也有所谓的"离活潮"（离婚活动）。

我倒觉得，这个想法是价值观谬误所造成的。

因为，在这股"离活"氛围还未形成前，大家会在婚姻中学习包容、接纳、爱与被爱，但现在却不愿在"爱"中学习，只要不喜欢，不要总可以吧！然后就各走各的路，因为连回忆都是多余的。

有些爱是慢慢产生的，到了一个程度才感受得到。从激情、爱情到亲情，爱的过程是一种紧实的契合，或许已没有激情了，但就是会觉得生命中少不了这个人，两人已深深地扣在一起了。

夫妻并不是一定要天作之合，而是要彼此适合。

彼此适合也不见得是一开始就很适合，而是需要一点一滴、慢慢地调整与磨合。

例如，T先生和太太的嗜好是很雷同的，他们都喜欢看电影、看书，偏向静态的休闲活动，像音乐或舞台剧，都是他们两个的嗜好。

除了这些嗜好外，单身时的 T 先生，十分喜欢海边活动，但太太却不喜欢，于是，T 先生也就放弃了这个嗜好。

有一次，朋友问他："你放弃了自己的嗜好，难道不觉得牺牲很大吗？"

牺牲，可能是我们很想做某事，但是为了别人或其他事而放弃了。

婚姻里的牺牲，不是失去，而是一种调整，是有代价的回馈。

单纯的牺牲，可能只是为了某事、某人而已。但婚姻关系中，牺牲是为了共同目标而做的调整，即所谓夫妻同心，才能同行。

比如，本来夫妻每年都要花两次时间到国外旅游，每次都得花五六万，为了买房子，两人必须有所牺牲，也许三年内不要出国了，或是改成岛内旅游，把五六万降到五千。

而 T 先生之所以放弃了最热爱的海边活动，也是因为和妻子有着"让两人感情更紧密"的共同目标，相比之下，海边活动就显得没那么必要了。

在家庭中所有的牺牲，一定要有个共同目标在前面，才会让人觉得这样的牺牲是值得的；假如只是单一目标，只是为了某个人或某件事，即使当下做了牺牲，事后也很容易让人觉得心不甘、情不愿。

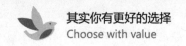

你和另一半彼此适合吗？不妨找出共同目标，再慢慢地调整，你将会发现，你和他（她）是越来越适合了。

❤ 爱的加油站

虽然建议夫妻俩可为共同目标做适度的调整，但是做了决定后，就不要后悔，要想想夫妻关系因此更加亲密了，就是更大的价值回报。

我曾经遇到过一位女性，对老公百依百顺、无怨无悔，连旁人都看不下去，她却甘之如饴。她告诉我，早在嫁给这个男人之前，她就已经想好了，婚后凡事都要成全老公。所以，她并不会后悔。

如果，觉得自己无法像这位女性一样，事事都听另一半的，那么，在做牺牲之前，请先想好另一半最后会不会回过头来成全自己？还是，他根本忘了是你的牺牲才成全了他，此时，问问自己是否真的无所谓？

第四章

职场愉快，
到哪儿都愉快

在职场中，自己是怎么样的一个人呢？

请问：在职场中，你最希望得到的是什么感觉？

下面有一些项目，请根据你重视的程度依序列出后，再看下列的答案
分析。

成就感、被尊重、被肯定、成长、自信、自由、荣誉、和谐、快乐

解答：

一、选择将"成就感"放第一位的人，是一个行动力较强的人，也较有成就的动机。

二、将"被尊重"或"被肯定"列为最优先的人，在意他人对自己的评价，不论事情做得好不好，别人的看法对自己而言是相当重要的。

三、将"成长"列为最重要的人，喜欢学习、精进事业，当在工作中有新的获得，会觉得很充实满足。

四、最重视"自信"的人，希望所做的事情都是自己有把握的、有信心的。

五、爱好"自由"的人，如果工作太有约束性，对他们来说是行不通的。

六、重视"荣誉"者，他们定好目标后，一定"使命必达"。

七、重视"和谐"关系的人，在工作上若跟工作伙伴有冲突，他们常会隐忍不发，因为他们认为维持和谐比争执更为重要。

八、将"快乐"列为第一位的人，希望工作是有乐趣的，如果在职场中觉得压力太大，则会选择离开这个职场。

Choose with value

为什么当了总经理还不快乐

打扮光鲜亮丽的 D 小姐，身穿名牌服饰，总是谈笑风生，名片上印着"总经理"职衔，却为了要不要换工作而苦恼，于是我们就此问题做了一些讨论。

"我很早就当上了总经理，薪水也比同学多很多。可是不知道为什么，现在的我觉得不快乐，家人也要我换工作，只是我不知道，现在重新找工作，还来得及吗？" D 小姐开口就问。

原来，在大学时代，D 小姐为了减轻父母的负担，下课后就兼职卖酒水，练就了一身销售的本事。

大学毕业后，D 小姐被一家公司网罗，很快就成为总经理，每个月的收入是同事的三倍。

薪水高，职称更有看头，对于毕业不久的 D 小姐来说，无疑是很棒的工作。可是，D 小姐的家人始终不认同这份工作，因为，她的工作是在洋酒商担任总经理。

十多年过去，D小姐也渐渐发现，自己虽然有着极高的薪水，看似显赫的头衔，却越来越不喜欢这个职场。

◎ 想一想：你为什么选择这份工作

很多人在人生或工作的选项中，找了一个自认条件很好的工作，例如，薪水高、职衔不错等，但是自己心知肚明，并不爱这个工作，不管是工作内容或形态都不适合自己，时间一久，当然就会越来越不快乐。

也有人是为了满足某种特别需要的价值观，而暂时搁置其他的人生价值。但是日复一日，当其他的价值观无法满足时，还是会觉得不快乐的。

D小姐发现，自己就是为了薪水和职衔而担任酒商总经理的工作，现在，她要的却是内在的充实与快乐，难怪现在的她感到灰心与无力。

经过一番长谈后，D小姐最后决定离开酒商，重新找工作。过不久，她告诉我，她的新工作是百货公司的楼层管理，薪水虽然和过去有些许差距，工作也并不轻松，但让她感到很踏实，家人也完全支持她。

D小姐拿买鞋的经验来比喻选择工作，她说："年轻的时候，看到外表很漂亮的鞋，不管价钱多贵，不顾一切就买了，就算家人反对批评，还是坚决要买。一直到三十六岁时，我决定要找一双合适、舒适的鞋子，而

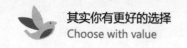

目前这双鞋，我知道它是适合我的。"

听到 D 小姐的心得，我也为她高兴，因为，唯有选择与自己价值观一致的工作，才会乐在工作中。

价值观是我们选择工作时的重要指标

在职场中，有人在意金钱，有人在意成就感，每个人追求的都不一样。

还记得一开始做的心理测验吗？

若以价值观的角度来看，通常会放在前三项的，多半是信念，是一个人选择的主要关键，越是后面的选项，就慢慢成为观念。

如果一个人最重视健康，第二重视的才是金钱，当他的工作量重，工作压力大，工作时间长，需要早出晚归，那么，即使待遇很高，可以赚不少钱，但这违反了他更重要的价值观——健康，最后他还是会离职的。如果他将健康和金钱都排在第一位，当健康与金钱有冲突，出现鱼与熊掌难以兼得的状况时，就会"陷入两难"的窘境，离不离职都可能会后悔。

假使一个人最重视的是"关心"，恰巧又戴着口罩走进办公室时，听到主管问候他："怎么戴起口罩啦？是不是感冒咳嗽？要注意健康哦！你对公司很重要的，你一病，我们整个部门都会挂掉的！"那么，他会觉得很温暖、很舒心，觉得主管不只是关心他而已，还非常重视他，日后工作起来也将更加卖力。

相反的，要是有同事讲话非常直，对他说："拜托，你身体也太虚了吧！赶快看医生，不要传染给大家。"他就会觉得这个同事不但没同情心，甚至非常可恶，工作时也快乐不起来了。

重视"成长"的人，则是希望自己在公司里，可以从主管或同事身上学到许多新知识，拥有新视野，更可拓展人脉，他会觉得在这家公司能有所学习与成长是很棒的，就算是短期内薪资不多，也无所谓。但如果上司不喜欢他一直问问题，每次他想请教上司时，上司都强调"反正做久了，你就懂了，我以前也是自行摸索"。时间一久，他就看穿这位上司根本"没有料"，更质疑上司的领导能力。

所以，为什么总有很多人觉得自己就是遇不到伯乐，无论换什么工作都不顺遂，上司都不了解他？为什么有这么多的主管都觉得下属很难带？……其原因不外是不了解彼此工作价值观的顺序。

从工作形态和职分来调整价值观

当我们担负重要的工作任务时，为什么有些人能够处理得很好，而有些人就是无法顺利完成？工作价值观也是重要的影响因素之一。

小林是一家保险公司的业务员，因为公司的积极倡

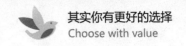
导，他决定扩展组织，也带了三个人。

没多久，小林却觉得自己好累。

"老师，我觉得又要跑业务又要带人，在时间与工作内容上，似乎分身乏术，而且现在才三个人就这样子了，如果人一多，岂不更累？我一直在想，到底要不要继续发展组织？"

类似的问题，经常发生在重视组织发展的公司。首先，我问小林当初为何想要带团队。

"当初觉得经营组织不但可以帮助公司，也是帮助自己，而且，说不定我有领导的潜力，可以借这个机会学习领导的技巧。"小林回答。

我让小林做了工作价值观的详细测验后得知，小林是一位重视成就感及学习的人，难怪他会尝试经营组织发展的工作。

听了小林的答案，我又问了他一个假设性的问题："如果今天你可以从'组织发展成功'和'个人单兵作业第一名'做一选择，那么，你想要选哪一项？想要成为哪种人？"

"我当然想选择'组织发展成功'！"小林立刻做出选择。

我点点头告诉小林："既然如此，你是否观察过，在寿险业中，有哪一位人士的组织发展很成功的？他的做法与你的做法间，存在着什么样的差异呢？"

我要小林找出其中的差异，因为"复制他人的成功"经验，就是学习成功的策略之一。

小林告诉我，他发现杰出的同行，在各项正向特质的表现都有七到八分，而且三年就将组织发展得很好，但自己的各项平均值只有四到五分，不晓得到底有没有办法做到。

"若是他花了三年就有如此杰出的表现，当你学习这样的课题后，也许花多一点时间，五年后，你可能比他更优秀杰出。"我肯定小林。

有时候，许多人只是操之过急，想要快速成功，却忘了每个水果需要的成熟时间是不一样的。若我们只是一株小树苗，要成为一棵神木，一定要给自己多一点的时间。

胡适先生说："要怎么收获，就要怎么栽。"这是人人皆知的名言，却是获得任何成果最简单的真理。

只要进入职场，人人都有机会成为主管，小林因为将成就感与学习视为工作价值观最重要的事，在带领组织时可以突破困难，勇往向前。但是，如果一个人的工作价值观是将自由摆在第一位，而快乐是第二位，扩大组织对他而言，只是公司的政策而已，他可能虚应附和，而未必会真正地落实执行。所以一个人一旦成为主管，就该修正心态，把价值观的先后顺序稍作调整，将责任摆第一。

所以我们的正向价值观，若不符合目前的工作形态，那么，请根据目前的工作形态，调整自己的价值观顺序，例如，如果从事的是业务性质的工作，应该重视的就是行动力、热情与正向思考，而不是和谐、快乐与安定；若是从事客服工作，应该注重的就是主动、负责与同理，而不是推诿、本位与自我。

静下心来，审视一下自己：想在什么样的职场工作，职衔又是什么呢？

我们可以尝试按照工作形态、职务来调整自己应有的正向价值观，当价值观与目标一致，我们工作时当然会乐在其中，生活也会是积极又有意义的。

◎ 一个负面心理，影响多个正面价值观

前面所探讨的都是正面的价值观，其实，负面心理也会影响价值观。

请问：在目前的工作职场中，可曾有过下列的感觉——不和谐、不好受、不舒服、不愉快、不自在、绝望、痛苦、沮丧、挫败、恐惧？

以上这些，都是负面心理。负面心理可分为微弱与强烈，前五项是微弱的负面情绪，后五项则是强烈的负面情绪。

负面的心理，会影响正面价值观；负面情绪越强烈，影响的程度也越大。

如果所追求的价值观是成就感，而负面心理的部

分，只是不舒服、不愉快（微弱），那么，对正面价值
观不会有太多的影响，因为在追求成就时，压力常会伴
随而至的；但如果负面情绪是强烈的，像恐惧、痛苦、
沮丧……问题就严重了。

假设一个业务员向往成功，但每次拜访客户时，
心里总是充满了恐惧，既害怕失败，又怕受挫折，那么
这位业务员就会变成"想得多而做得少"，每当他打电
话约客户，或做陌生拜访的时候，心中就开始不断恐慌
地想："万一被拒绝怎么办？""待会儿我要跟人家说
什么？"甚至，对方还没接起电话，他就先挂断，说一
句："还好没人在！"

这时候，该怎么办呢？

⊚ 重新定义，让压力变成长

在职场中，难免会有压力。

每个人能负荷压力的程度不一，对于压力的定义
也不同，所以处理的方法和技术也会不同。我在担任企
业顾问时，处理过不少减轻员工压力的个案，协谈中总
是尽量以"引导"取代"教导"。我会问对方："是什
么事让你有压力？"再根据对方的回答，引领其转换想
法，重新定义，将压力变为成长的动力。

曾经有一位主管告诉我，某位员工经常拖延简报的
时间。

当我与这位员工面谈时，发现他并非故意拖延，而是只要一想到要对老板做简报，就觉得很紧张，压力很大。

这时候，我通常会告诉员工处理紧张的技巧，并且提醒他：简报内容早一点完成，就可以先彩排练习，甚至提前到简报的会场，实际演练，都会对减轻压力有很大的帮助。

除了紧张型的员工外，工作职场中，更多的是"害怕承担责任"型的人，一旦在努力过程中，感受到难以承受的负担，就会放弃；也有人总是生怕任务搞砸，这样的人往往不敢争取表现机会，没有面对挑战的勇气，虽然他还是有成功的念头，但负面情绪过大，终究还是选择放弃。

如果遇到这样的人，帮助他们重新定义"压力"，不但能舒缓他们的情绪，也较容易用正面的角度看待事情。

重新定义指的是：一旦看事情的角度变了，定义就会改变，感受也就跟着变了。

例如，人们多半觉得被拒绝是件很丢脸的事，但是，假使能从另一个角度思考，也就是每次客户的拒绝，都让我们获得了一次成长和学习的机会。

如此转变了想法，"拒绝"被转化成"学习成长"的机会，这就是重新定义。

诸如此类思想上的练习，还有很多转换的方式，例如：

当球赛输了的时候，就可以想想："与实力赢自己很多的对手打球，等于是获得了提升球技的机会。"当主管给我们完成工作的时间压力时，可以告诉自己："正因为有时间限制，所以自己的效率越来越高，能在很短时间内完成一份完整的报告。"当出现上台演讲的压力时，告诉自己："没有这个演讲，就不会积极整理准备这么多的资料，从中获得宝贵的经验与信息。"

曾经有一位业务员说，业绩不好时，有"苦无业绩"的压力；业绩好的时候，有"要让业绩更好"的压力；也有许多明星说，红与不红，都是压力。

无论如何，只要是工作一定有压力的，只是，我们既然要承担这些压力，何不让这些压力变得更有价值？

因此，当压力发生时，我们可以尝试用"重新定义"的练习，松动原本自以为是的负面思考，我们将会发现，即使事情不变，只要我们转换了看待事情的角度，所有的压力，都可以转化为成长，帮助我们更向前迈进。

❤ 爱的加油站

如果觉得自己不算勇敢，总是会害怕事情不如预期，那么在能力范围内，请尽可能"观察"，观察形势、观察合作伙伴，就像观察可能结婚的对象一样。

如果，已经一脚踏进来，比如现在已经身为主管，那么，就该去负起这个职位该有的责任，因为我们已经不是单打独斗的一个人，还有部属需要我们的带领，就好像是再怎么焦虑不懂得如何当妈妈，但是孩子已经生下来了，就必须边做边学。

照顾小孩的新手妈妈，在学习当母亲的同时，也学到了包容、宽恕与原谅；成为主管的人，也可以从中学到领导、培育及经营管理组织的知识与技巧。

假如，你现在正面临做决定的关键时刻，那么做决定之前，尽可能想清楚；做决定之后，就要对这个决定负责任，不要让事态扩大，延伸错误。

人生不可能不做错决定，而所谓的智慧，就是能从错误的决定中，学到人生经验。

Choose with value

懂得职场界线，好人不会被欺负

Emily是个职场新鲜人，在公司里负责行政文书工作。

她知道在部门里自己是个十足的菜鸟，年纪轻又没经验，为了给上司和同事留下一个好印象，能快速融入部门内的人际圈，Emily觉得自己应该建立起亲切且乐于助人的形象，而且其他同事也想尽快熟悉这个新来乍到的年轻同事。于是，Emily在一两个月内，就已经跟同事打成一片，跟大家的互动都非常融洽，她对同事们的各式请求总是来者不拒，每天帮大家处理影印、买东西等杂务，也总能保持微笑或点头示意。

刚开始时，她一直是无怨无悔的，但是到了第三个月后，渐渐心生不平，心想："为什么这种事总是轮到我？为何都是我做？"

Emily觉得同事们越来越离谱，总要她帮忙就算了，竟然还理所当然的责怪她做得不够好。有次她帮忙买便当，把其中一个排骨口味弄错成鸡腿，竟因此被同

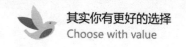
事指责："这么简单的事你都做不好，怎么会这样？"

同事的指责，让Emily的心里很难过，她向上司诉苦："为什么是我帮他们买盒饭，而且他们还这样对我？"

没想到上司竟回她一句："你本来就不该帮大家买盒饭，让人家有机会欺负你。"

上司的话，让Emily听了更觉委屈，不安慰她就算了，还说了她一顿。

"那你觉得上司的话有错吗？"我问Emily。

Emily摇摇头，她觉得上司说得没错，自己真的不该再继续帮忙打理杂务了，但又担心如果拒绝同事们的请求，会破坏好不容易建立起来的人际关系。

再者，她认为主管的个性强势，与自己不同，一样的话由她嘴里说出来，只会搞砸人际关系。

Emily难以隐忍不悦的心情，却又担心人际关系决裂，于是，她开始思考是否要离职。

听完Emily的故事，我告诉她："你的个性若不调整，离职以后，历史依然会重演。"

"可是，为什么好人总是被欺负？"Emily生气地说。

"好人应该有好命，这没错，但是好人必须学习如何沟通，设立界线；学会保护自己，负该负的责任，而不要为别人负责。"我做出结论，并告诉Emily一些可以保护自己立场的说话技巧。

让别人负起应负责任的方法

首先，我拿"捡垃圾"的例子，解释给Emily听："即使那不是你的垃圾，你也会摸摸鼻子，就动手将别人任意丢给你的东西清干净，但你每次都帮人捡垃圾，现在你受不了，是因为你的垃圾桶已经满了。"

"你现在要丢回那些垃圾，维护自己的立场，就会爆发彼此的冲突，因为对方会觉得你变了，觉得怎么不像以前那么好？是不是来久了，开始端架子了？"

"对啊，我就是担心他们会这样说，那该怎么办才好？"Emily沮丧地问。

"其实，以你的情况来说，善用两张挡箭牌，事态就会有回转的余地。"

善用主管挡箭牌

第一张牌就是主管。

由于Emily的主管为人重义气，Emily不妨告诉主管说："老板，很谢谢您，愿意替我承担这些压力，其实我不是不愿意明说，但认为自己是新进员工，怕太过为自己争取权益，会产生一些职业伦理上的问题，破坏人际关系，或是让人家对我们这个部门有负面想法，所以我再一次来请教您，我该如何处理会比较好？是我自行向同事们反映，还是请您来处理会比较好？"

其实，身为下属，要懂得适时将问题与答案选择请教上司，有时候不向上头反映，想要私下处理与同事间的心结或纠纷，那还得看个人的手腕。通常，不少主管是愿意帮下属处理这类事情的。

如果做下属的总是不明讲，累积了很多的不满才向上司反映，反而很可能让事态一直恶性循环下去。所以，当发生人际纠葛、感到不妥时，告知主管反而是个较为安全的做法（当然也要看是什么样的主管）。

假使主管想对这个情形采取激烈手法，例如，伸张正义……下属就要懂得适时给主管一点回馈，告诉主管："听到您想为我说几句公道话，我真的非常感动。"

下属适时在言语或行动上肯定、支持主管，与主管保持良好的关系是非常重要的，假若不跟主管保持关系，他是不会为我们主持公道的。

此外，当上司想为我们伸张正义时，也要记得提醒他："谢谢您想为我出气，但是您刚刚好像激动了点，他们也许不敢对您怎样，您毕竟是主管，但是我怕我的人际关系可能就会因此破裂了，我就是不知该如何处理人际关系，才来请教您的。"

要让主管了解，即使要为下属伸张正义，也必须注意自己的语气，才不会使我们在同事间难做人。

然而，回到原点检讨，会出现如此的问题，主要原因是Emily没有在帮了同事几次忙后，设立该有的"界线"，至少，要让同事知道："这些事情是你自己该做的，我帮你这一次，但下不为例。"

我们必须适当地表达心里的感觉，才不会放任对方侵入自己的界线。

假如主管认为，这件事情他不宜出面，而是该由我们自行处理，那么，也请记得说："谢谢主管，我觉得向您报告这情况，至少让我自己安心许多。"因为，这代表我们非常注重自己的上司，先汇报过再行动，当我们向同事争取权益时，比较站得住立场。

◎ 善用地下主管挡箭牌

在工作职场中，如果已经到了要向同事表明自身立场的时候，除了把主管请出来外，另一招则是找"地下主管"。

因为，公司中一定有些同事，他们不会对我们予取予求，我们必须要跟这些同事建立一些关系，偶尔向他们吐露一点自己正面临到的人际问题，让他们有意愿在同事面前，为我们仗义执言。

当有个热心的人开始愿意为我们发声时，群体间就会产生一些连锁反应。

如果可能的话，请尽量找平常大家公认的"地下主管"来为我们发声。

团体里，一定有个带头者；在职场中，也有所谓的"地下主管"。"地下主管"的话总会产生影响力，并

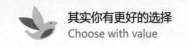
在群体间形成约束的氛围。

要懂得借力使力，为自己争取权益，也是一种沟通策略——我们不见得要跟所有人反映这件事，只要找到正确的人，就可以达到我们想要的效果。

如果放任事态越演越烈，最后，很可能在受不了的情况下，将事情丢回给同事，那么，在同事心中，你就会从"受害者"变成"迫害者"，这后果就更难收拾了。

◎ 被主管侵入"界线"，该如何处理

另一种更为棘手的情境是：侵入"责任界线"的是主管，而不是同事。

许多员工说过：当初面试时，明明跟主管谈好，工作范围有十件事；但是真正上班后，主管却一直增加工作内容，变成要处理十五件，甚至二十件事。如果不做，怕被炒鱿鱼；做了，又觉得很累，不甘心。

究竟该如何处理才好？

对此，请先理清主管为什么要这样做。是因为主管有意栽培我们，还是主管根本故意予取予求？

如果是前者，那么这可谓是一种"准主管训练"，假若是后者，就要问自己：愿不愿意将这些多出来的部分，视为自己人生或职场上的磨炼，像知名的饭店经理人严长寿那样，将吃苦当吃补呢？

严先生做了很多老板没有指定的事，不只将事情做完，还做到更好的境界，他热爱所从事的工作，对自己有期待，所以很珍惜每个磨炼自己的机会。

这是一种人生态度，多做的事最后会为我们增添更多的能力，而这个工作通常会是更好职场机会的最佳跳板。应该告诉自己：成功是机会加上准备，很多人根本不做准备工夫，只会等待机会；如今我们不只得在心态上有所准备，平日就能有练习的机会。

如果我们平常总是承担与接受别人不愿意做的事，有朝一日，当公司有需要时，因为我们的资历完整，条件俱足，机会就是我们的，重责大任自然会交到我们手上。

如果认为自己是认真负责的员工，但公司的文化却不是如此，或是公司总是看不到自己的价值，那么，不妨给自己一个期限，也许就是一年的时间，好好学习这段别人可能要花五年时间才经历到的吃苦经验。

如此健康的工作态度，会让我们在遭遇不公平的事时，保持积极与乐观的心态，因为我们知道自己也在学东西。就像为了开一家咖啡馆，愿意先到咖啡馆去打工的心情一样。

只要将工作的动机放在学习上，而不是混口饭吃，就会让我们充满学习欲望，积极了解关于工作的完整流程与所有细节，甚至主动研究。同事不愿意做的，都会乐意去做，而且，一旦有了目标与愿景，吃起苦来也就甘之如饴了。

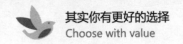

Choose with value

如何成功地跨部门合作

在注重效率的时代，企业跨部门合作是常见的事。

不同的部门，有不同的文化，想让跨部门合作成功，当然也要有诀窍。

小方是一家外商公司的业务人员。过去，公司都会为业务人员派助理处理文书工作，但因为公司缩编，近半年来，业务人员不再有助理，改成由行政柜台人员协助。

但不知道为什么，小方总觉得柜台人员对他就是特别有意见，他的案子总是被拖到最后才处理，有一次，柜台人员拒绝协助他，大骂了他一顿，令他不知该如何是好。

◎ 对人直率，小心吓到对方

听了小方的困扰，我先请小方模拟他平常是如何交代事情的，而且无论是说话的口气、速度及表情都要和平常一致。

小方表示，他都是这样说的："小姐，我上次交办给你的文件到哪儿去了？"

听完小方的模拟，我发现了问题所在。

柜台人员并非对小方有成见，其实问题是出在小方自己身上。

因为小方说话的语气和态度，都让柜台人员觉得很不舒服。有一天，某个资深柜台人员终于生气了，不但断然拒绝帮他查看文件，还对小方大吼："你不知道我的姓名吗？柜台就我们这几个人，难道你来这么久了，还不知道我的名跟姓？为什么要叫小姐？这里是酒店吗？"

其实，小方人并不坏，只是说起话来口气差，并不是故意糟蹋人。小方告诉我，他在自己部门时，讲起话来就是这么直率，也不曾得罪过谁。

"可是，你用这么轻率和没礼貌的口气跟其他部门的人沟通，就是会让人觉得不舒服。过去以为自己说话的方式并没有错，也没得罪人，但是有时对方只是隐忍不发而已。"我告诉小方，连我听了都觉得怪怪的，何况是当事人。

当不同的部门必须合作时，因为部门之间各有各的立场，彼此沟通或一起做事，容易因为本位主义的心态

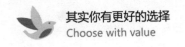

作祟，而横生不必要的心结与冲突，最常看到的，就是态度上的不礼貌，例如，业务单位可能会直接抱怨行政单位："这东西怎么弄的，你不知道我们在外面跑业务很辛苦吗？"

在外冲锋陷阵的业务员自认很辛苦，但是，在公司内部负责处理各种烦琐文件的行政单位不也是很辛苦吗？

在重视团队合作的工作中，如果眼中只看见自己，对于工作任务的完成是极为不利的。唯有与其他团体或单位建立良好的关系，大家的心里才没有芥蒂而能相互合作完成任务。

关系好了，就算延迟送交文件，大家通常会体谅、通融；关系不好，大家就公事公办了，例如，公司规定五点半停止收件，就算在五点三十一分交件，虽然才刚过时间点，还是会被拒绝，明日请早。

三个一点，合作大成功

听了我的分析，小方也觉得自己先前的态度实在有待改进，急忙询问我该如何挽回。

"很简单，只要你能做到三个一点，分别是嘴巴甜一点、身段软一点、说话礼貌一点。"

在合作开始前，不妨先放低姿态与对方打个招呼，宣称这件事是请对方"帮忙"。说话时可以采用如"某某，可不可以请您帮个忙？"或是"某某，我又要麻烦您了，不好意思。"较客套的说法，先让对方觉得他们是非常重要的，无形中就会增加对方帮忙的意愿。

当合作的任务结束后，务必记得诚心向对方表达谢意："某某，真是谢谢您，好在有您，公司里有您，真是大家的福气。"

"这样说，会不会太假了？"小方反问。

有时候，一句鼓励、肯定的话，就能让人更加卖力地工作。

千万别认为这话太虚伪，我们的确是因为对方的帮忙，才完成了这个任务。事后，表达谢意的时候，只要多加运用感谢和肯定的话语，不一定要给对方实质的回馈，他们就能感受到我们的心意。当然偶尔请他们吃点东西或喝个饮料，不但会增进彼此的感情，有时还会得到最优惠的待遇。

所以，当我们感谢别人的努力时，并不算虚伪，因为，他们的确达成使命了。我们要是能先肯定合作对象的努力，如果有再次合作的机会，成效很可能会更好，因为人都是喜欢被赞美的。

细心的观察加上真诚的表达，合作将更圆满

有些人与别部门合作的时候，态度很差，并告诉合作的对象："喂，接下来换你们了，我们都做完了。"这当然令别人听来很不是滋味，就算能力范围上可以协

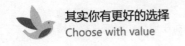

助，但是他们宁可不帮忙，只因为心里极为不舒服。

除了态度差之外，也有人会抱怨别人做出来的成果，像"太离谱了，你们每次都随便做做！"诸如此类的抱怨也非常的糟糕。试着将心比心思考一下：如果对方其实是很认真的，花了好几个晚上才完成，却听到我们有如此的反应，心里作何感想呢？

最好的方式是，用心观察对方的行动，发掘对方的优点，赞赏对方完成的部分，而不是抱怨对方没完成或做不好的部分。

除了用心观察之外，当然还要勇于表达想法，才有利于跨部门合作。

当我们明明可以赞美、肯定对方，但不愿意时，就要有心理准备，我们也许会付出人际上的代价，会让自己人缘不好，做起事来容易碰到重重的阻碍。

让我们选择做个愿意祝福别人的人，更别吝啬说出肯定和感谢的话，让跨部门合作互助的氛围更加美好。

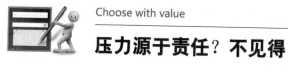

Choose with value

压力源于责任？不见得

价值观不清的人，容易承担过多的责任与压力

有责任，就会有压力；一个不负责任的人，通常也不会有太大的压力。

许多人总觉得自己处在一个非常两难的处境：觉得压力很大，但却又有不得不负的责任。

此时，该怎么办？

首先，请了解责任的意义。

责任，是本分上应做的事，是在别人的生活或生命中看见他的需要。所谓"他的需要"，指的是他真正的需求而不是欲求——当我们愿意牺牲自己某个部分，来成全别人的需要时，这就叫做负责任。

什么是别人生命中真正的需要呢？例如，消防人员有救火的责任、军人有保家卫国的责任、客服人员有提

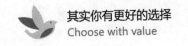
供良好服务的责任、研发人员有开发新商品的责任等，这些责任的背后，难免会有些许的压力，而这样的压力是正常的。

许多压力的形成是因为我们动机错误，当在乎的是别人对我们的看法与眼光，只要他人请求协助，就是无法拒绝，结果让自己越来越忙，也承担了过重的负荷及不该有的压力，最后导致身体和心理越来越不健康。

为了不让这样的遗憾发生，当你觉得压力过大时，请回过头来检视压力源头的责任归属。

在我们做每个决定之前，都要懂得检视决定背后的责任与压力，假使认为自己是"当局者迷"，无法看清状况，就要请教良师益友，或值得尊敬与信任的人，甚至是学有专精的人协助自己评估情势。

当责任变压力，热情不再时怎么办

小蕙是一位保险从业人员。

最初，她对保险业是极有热情的，觉得这是一门很有意义的行业，也非常有使命感。曾几何时，这样的热情不知为何渐渐淡去了，连薪水都是从每月的一两万元，降到四五千。

"当初，我觉得寿险可以帮助很多人，但是越到后来，动力却慢慢消失了，每次拜访客户，总觉得身心俱疲。"小蕙不知道自己为什么会有这样的转变，连她的上司和同事都十分诧异。

其实，不论从事什么工作，要维持长久的热情并不容易，因为生活不是完美无瑕，总是有裂痕漏洞的，再细微的负面情绪，都可能瓦解我们原本投入的初衷。

因为，负面想法的破坏力远远超过我们所想的。就如同跟同事有嫌隙、与配偶吵架、被客户拒绝，或被朋友欺骗……不论原本的信念多么坚固，长期下来都会被挫折穿透的。

生活若是像一支有破洞的伞，我们是很容易被淋湿的，要恢复功能，就要找出每个缺口，把破洞补好，无时无刻不储存爱的能量。

找出压力缺口，一一堵住

以小蕙为例，她在刚进公司时，因为是新人，所以有较多的自由时间，但是，随着日子一天天过去，主管要求她的工作责任也逐渐加重。

例如，公司每星期固定开晨会，晨会的主持人都是大家轮流担任的，有一次，主管告诉小蕙："你很会主持节目，加上业绩一直没有起色，不如固定主持晨会来磨炼自己，公司只有你最有能力担任主持的工作。"从此，小蕙每个星期都得绞尽脑汁准备晨会，让她觉得好累、压力很大。

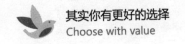
另外，因为小蕙的直属主管个性较为急快、严厉、缺乏同理心与耐心，小蕙常常话还没说到一半就被他打断，让小蕙的情绪一直找不到纾解的管道，而且想法也常常不被认同。

除了公司的情况外，小蕙的男友住在英国，两人是远距离的恋爱。虽然这让小蕙有很多时间在事业上打拼，但是，当有喜悦的事或遇到挫折时，回到家中，也无人可以诉说，觉得自己已经有忧郁症的倾向。

在小蕙进行了价值观评量表之后，我得知她的首要价值观是爱与使命，负面则有烦躁、压力与无力，也正是后三者影响了她持续前进的动力。

了解小蕙的状况后，我认为她对工作失去动力的原因，与生活脱离不了关系。

造成小蕙在工作上的挫折感，有三个主因，而这三个主因，正是小蕙爱的缺口。

第一，远距离的恋爱，在时空的差距下，小蕙没有得到情感的支持，也欠缺情感关系的建立；第二，小蕙的主管比较严厉，在许多方面都只要求业绩，欠缺对员工的关心；第三，小蕙在职场上没有得到应有的愿景与期待。

当一个人的身心各方面都出现问题时，原本的热情、爱与使命，就会慢慢地消耗掉，加上小蕙其实是个缺乏"界线"观念的人，更让她来者不拒，徒增工作的负荷。

我提醒小蕙："主管让你主持晨会，一定观察到你有这方面的能力与特质，所以才会想借着这样的机会，培养你的信心，当然这要感谢你的主管。然而，若是你已经感到身心俱疲、无法负荷，那就应该向主管真实地反映这一状况，相信他一定会做更好的安排，否则对你、对单位都不好。"

小蕙听了，觉得我的话十分有道理。接着，小蕙向主管反映不再主持晨会的想法："老板，您有没有发现，一年来都是我主持晨会，基于团队责任，我觉得晨会是每一分子都该参与的。我知道您认同我的主持风格，我认为主持工作是自己能为团队尽一份心力的地方。您也知道我这半年来，钱赚的不多，站在台上，都觉得自己很心虚，或许您觉得没关系，但我认为对组织而言，并不好。我也想过，目前该花点时间，整合自己的人脉资源，另一方面也能处理自己的健康及情绪的问题，因为这半年来我忽略了许多基本的事情……"

此外，小蕙也需要去寻找可以补足她爱的缺口的良好关系。

✆ 将人际关系分等级，寻找你的贵人

由于小蕙的主管太严厉，要主管改变并非短时间就能完成的事；要男友增加聊天相聚的时间，也是很困难的。于是，我建议小蕙在身旁寻找"良师益友型"的人

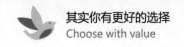

物，并要切实与对方建立关系。

"是否有顾客过去跟你互动良好，你的服务也让他觉得'能够认识你真好，幸好我当初能跟你买保险'？"我问。

小蕙点头说："这样的客户很多。"

我提议小蕙将过去所有的客户依据关系深浅或保费额度，分成ＡＢＣ三种类型。Ａ级客户至少要找出20个，然后在这20个客户中，再细分出前三位。

这个动作十分重要，我告诉小蕙："这三位喜欢你、欣赏你、认同你的客户，极可能就是挽回你工作热情与信心的贵人。记得，当你去找他们时，只要聊聊天或关心的问候就好了，而不要谈到保险。你将会发现，这些贵人就是增加你爱与使命的正向能量。"

我强烈建议小蕙暂时先拒绝不属于自己的责任范围，紧接着去拜访欣赏她的旧客户。

小蕙确实做到了这两项大原则。结果，第二个月自己就多赚了一万元，业绩的提升让她重新发现自己的价值感，爱与使命感也越来越增强。

直到现在，她每个月的薪水都在两万以上，而且从未掉下来过，她直呼神奇。但这其实不是神奇，只是让她借此方法重新找回爱与使命，莫忘初衷的热情。

❤ 爱的加油站

很多人不敢拒绝的原因在于担心"拒绝了，对方会怎么想？"但假若不说"不"，难道要当一辈子的受害者吗？

当然，要拒绝，就不可用情绪性的字眼来表达，否则只会带来反效果。静下心来思考一番，或请教他人，如何适切地表达，才能彼此双赢，健康生活。

Choose with value

离职前需要考虑的事

　　T先生长期在越南工作，与住在中国台湾的老婆育有三子，他一直把工作当成是个人事业般的打拼，到越南五年来，每一年的业绩都很出色。

　　但在第六年时，遇到了全球经济不景气，相较于过去，T先生的业绩少了四成，但他不放弃，反而比以往更加勤快。偏偏，老板却因为业绩因素开始对他不满，不只是在态度上对他极为不礼貌，更曾经在公开场合批评他，让T先生有很大的挫折感。

　　"老师，你知道吗？过去业绩好的时候，老板完全不称赞我为公司卖命，现在经济不景气了，我还是一样全天候拼命工作，他不但将业绩问题归咎于我，还说我领导能力有问题。"

　　气愤不已的T先生，开始怀疑是否要继续留下来工作。

　　一方面，他已经不想为这样的老板卖命，但是如果离开，全家的生活费、孩子的教育费和房贷谁来付呢？加上老板虽然对他越来越刻薄，但是公司给他的薪酬还是很不错的。因此，他觉得进退两难。

听完了T先生的苦水，我告诉他："我们现在先不谈你是否应该离开，我想先理清的是'什么是你自己心目中理想的工作'，这样才能看出你目前的工作是否能满足于你。"

我开始列出几项大家普遍比较在意的事，像薪资待遇、学习成长、前景发展、工作价值等，并要T先生逐一排序。

"钱当然很重要，但是我更在乎的是成就感、被重视、被肯定，而且，我也很重视在公司的愿景发展、升迁管道。"T先生说。

"那么，"我问他，"当你身在一间一级主管都是老板亲朋好友的公司，你认为自己升迁有望吗？"

他低头不语，发现自己在这家公司并没有太大的升迁机会。

想到这里，T先生的眼眶突然出现微微的泪水，他为自己这五年来的打拼，感到很不值。

◉ 认清需要和重要，再做决定

在与许多职场人士、企业家进行交流时，我发现很多人最需要的，跟自认是最重要的，不见得是相同的。

有人认为最重要的是升迁与被重视，而不是金钱，于是就豪爽离职，离职后才发现，其实自己最需要的是钱。（当然，有人是有足够的存款支撑找到适合的工作才离开。）

如果连一毛钱的富余都没有，就必须要好好想想：自己应该如何获得想要的？

以 T 先生来说，他因为有经济压力，需要这笔薪水，目前离不了职，但觉得与老板有心结，而且很难沟通，让他十分痛苦。

其实，老板在业绩不好时辱骂员工，并不表示老板很恶劣，多半是因为双方的沟通方式出现了问题。

虽然我和 T 先生并不认识，但是，从与他的谈话中，我认为 T 先生是个比较隐忍、不善表达的人。

于是我问："当老板骂你时，你是不是总是低着头、不做任何回应，然后只会说：'是是是，我会改进！'？"

T 先生点点头。

和老板沟通，要有技巧

事实上，一味的沉默与逃避沟通，未必能得到老板的谅解，有些老板其实是容许员工适度表达真实感受的。

我告诉 T 先生，不妨与老板做如下的沟通："谢谢老板过去对我的栽培与肯定，进入公司以来，我几乎都是全天候卖命的工作，别人不加班，我加班；别人不做，我扛起来做。因为我把老板的公司当成我自己的事业在努力着。但是大环境的不景气，毕竟不是我个人努力就能改变的，整个公司的业绩都受到影响，我也很难过。老板，老实说，您那样说我，我觉得自己很受伤，我了解您不是在责备我，而是在教导我，是希望我能不受环境的影响，也能够有好的业绩表现。"

与老板沟通时，最大的技巧就是转换和表达个人感受。

将老板的话做转换后，老板听起来会觉得："对，我不是责备你或羞辱你，我是为了你好。"此时，又表达了个人感受，老板就会觉得，自己也应该说几句鼓励的话。当听到老板对自己说出鼓励的话，就会觉得自己的辛苦努力着实有了回报。

我告诉T先生："有时候并不是老板不尊重你，而是你没有表达真实的感觉，也没有讲明希望老板接下来该如何协助你；不表达意愿，别人是很难知道你的需要的。所以不是老板要改，是谁要先改？"

T先生："我知道，是我！"

接着，我又针对他认为升迁无望的部分做讨论。

T先生认为，一级主管都是老板的直系血亲，他在这家公司肯定升迁无望。

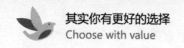

事情真是如此吗?

相信，天下绝大部分的老板，不会希望让好人才流失的。一个唯才是用的老板，用人在于视其对公司有无贡献，如果有，那么老板就该提拔好人才。

如果老板不是唯才是用，那就不值得为他卖命。

领导能力有问题？这样做

解决了与老板之间的问题后，接下来要处理的，就是 T 先生在领导能力方面的问题了。

T 先生表示，他的部门里都不是台湾人，管理的方法也和台湾不同，必须不断地责骂，部属才会做事，如果不骂，他们就不做事或做不好。

"用骂的"真的有效吗？

我告诉 T 先生："你有没有发现，许多老板都是用骂人这招来管理员工，结果员工只是因为怕没工作才乖乖听话，却不见得会真正的尊敬你！"

羞辱、批评、责骂，绝非是一个正确的管理方法，在现在的社会环境中，更是如此。

并不是不能管教，身为主管的我们，指正属下的错误是应有的责任，端正员工良好的品格更是主管应当负的职责；但是，当我们要教导员工的时候，记得"不要用情绪性语言说话"。

说话太情绪化，就可能带有谩骂、讥讽、人格羞辱、批判的意味。如此一来，两人之间的信任关系就很难建立起来。十年的信赖，有时甚至经不起一句无心的话语，想修复关系时，就得付出代价。所以我们应该要以爱为出发点来说实话，以出自于关怀与协助的心态来表达，此时，我们的眼神、表情、言语自然也都会经过修饰润色，员工也会感受得到。

在领导能力的概念中，尊重、肯定、激励比责备、否定、怒骂更有效。

不少员工常是为了要一口饭，所以不得不听我们的，但是，当我们不当主管以后，他们就不会尊敬我们了，甚至当我们不在工作岗位上时，生产线就会出问题，因为有人会作怪、搞破坏。

我问T先生："你是否希望员工尊敬你，就算你不在，他们还是会持续认真工作，觉得'老板不在，我更要认真工作，因为他对我们真好'？"

T先生点点头。

"所以，"我告诉T先生，"你应该多多赞美你的同事，或是对他们说一些感性、带有同理心的话。"

针对T先生的处境，我教他说一些柔软的话，示范完之后，我问他："你觉得这一切，是谁要先改呢？"

T先生再次点头说："是我要改。"

在结束这次的会晤之前，T先生有些担心自己明明

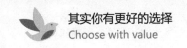
变得更好，老板还是不提拔他，怎么办？

我说："如果一年之内，你改变了与老板沟通的方式，也改变了领导的模式，能力增加了，也更懂沟通协调，组织管理技巧也大大改进了，又成功地将公司的气氛带起来，营造出新的局面，老板反而认为你功高震主，把你辞退了，那么恭喜你，因为这一年来，你学会领导的技能，学会激励、谈判、销售与沟通技巧，就算要换工作，也很容易找到工作的，不是吗？"

听了我的分析，T先生像恍然大悟一样，脸上展现出了笑容，不再气愤、担忧。

"快回去工作吧，你今年有很多事要做呢！"在T先生离去前，我又补上一句。

T先生，终于带着满满的信心回去了。

❤ 爱的加油站

遇到两难的情况时，很多人总认为"算了，我离开好了！"其实，这是一门人生当中必修的功课，当我们没学会这门课时，到了下个地方，老问题依旧会浮现出来的。

因为，在生命中，我们会逃避的问题，通常是我们要学习的课题，越逃避就越容易碰到，直到我们学会为止。

Choose with value

怎样跳槽才不至于后悔

不管经济景气不景气，表现优秀的高层主管，依然有许多跳槽的机会。

也有社会新鲜人在面试时，经常打败群雄，获得工作的机会。

当你有不止一家公司可以选择时，该如何决定，才不会踏错这一步呢？

◎ 选择公司时必须考虑六个层面

在选择公司时，可以从六个面向来考虑，分别是：工作价值、产业前景、合理报酬、学习成长、晋升机会及生活形态。

如果你是单身的社会新鲜人，这六个面向中，前面五个通常会是主要考虑的重点。

如果你现在的工作一切都不错，当猎头公司来找你，两间公司条件差不多时，必须考虑的是自己的生活形态。

例如，针对已婚、有妻子儿女者，原公司必须常常出差，每个月出差两次；新公司却两个月出差一次就可以了。当两个工作给的薪酬与发展性、工作属性与环境都差不多的时候，就要考虑另一半的需求与期待，考虑哪个工作不会导致家庭关系变得疏离。

每个人做决定的时候，都要根据职业生涯发展，筛选必要性，像公司若需要经常性的出差，而你又有孩子，那么可能要等孩子大一点，上了初中之后再考虑等。

其实，不只是工作，人生中的任何选择，都要根据真实现况，做适度的调整修正，并且在思考过程中，负起应负的责任。

旧东家人情债，这样处理

小茹是一家大型企业的财务主管，这一年来，猎头公司已经找了她两次，她虽然有意愿到新公司，却面临"旧东家人情"的烦恼。

一个人在公司的地位越重要，往往也代表着越不容易离职成功。因为老板会担心，我们一旦离开了公司，部门的运作会立刻出现问题，而当我们的地位坚不可动摇时，老板当然不会放手让我们走了。

想顺利离职，必须为出走后的空缺，安排解决方案；真有决心要离开，就应该跟老板立下一个期限，让老板在限定时间内，找到能够代替自己的人。

在与老板沟通时，当然要很客气地说出我们的想法，例如，"老板，我真的很感谢过去您对我的栽培，但是公司目前与未来的规划，真的与我个人的生涯规划不同，我将在三个月后离开……"

当我们要离职时，应该主动为老板着想，不只要给他时间找到一个适合的递补人选，最好还能协助老板，训练递补人选，或者做好相关的培训计划，让接替者能顺利接手我们的工作。

如果，已经与老板相处很多年，老板也对我们很不错，一旦知道我们要走，老板生气是难免的。但倘若已经帮他将后续的动作都想齐全了，老板也知道我们没有置公司于不顾，他还是会含着泪，让我们带着祝福离开的！

会不会撕破脸，关键就在于我们的态度和处理的方式。

❤ 爱的加油站

如果，你想走却怎么也走不了，原因当然有许多，但有时最主要的原因其实是"你没有下定决心要走"。此时，请再问问自己目前最重要的是什么？三年、五年后我期望实现的是什么？哪一家公司较符合自己的价值观？再做决定才恰当。

第五章

这样做，主管不难为

我曾经看过一位主管在报纸上投稿，诉说着自己的心声：既要对上，又要对下，如果两边都没处理好，倒霉的是自己，实在很难为。

身为主管，的确有许多事情需要学习。在本章中，我将告诉大家管理的原则与方法，让我们有更多的思考角度来处理所面临的事情。

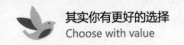

Choose with value

身为主管，怎样做才能省心又省事

遇到推卸责任的下属，怎么办

吴小姐是一位中层主管，却带了一个不知该自我负责的下属，抗压性与学习能力都很低，不论是大事或小事，一定跑来问她解决的方法。

当吴小姐告诉下属"多练习就能上手"时，那位下属竟理直气壮地反而怪罪她说："你是我的主管，就该教我，怎么可以推卸责任呢？"

身为新手主管，吴小姐不晓得到底该拿这位下属怎么办，她无奈地说："当初我的主管根本都不教我，还是靠我东问西问学来的，没想到现在要下属多多练习，却反怪我推卸责任。"

吴小姐的心情，相信许多主管们都心有戚戚焉：现在很多年轻人的人生态度，的确是让人难以理解的，他们对自我的责任、职责的认定，跟大部分的中高层主管是有很大的落差的。

我告诉吴小姐："现在的年轻人价值观的确是和过去不同，工作的态度也不一样，但身为主管的你，调整他们应有的礼貌与态度是主管的责任之一，不过，说话还是要有技巧的。"

听到我的话后，吴小姐急忙问："该如何教年轻人才好？"

"你可以这样说，"我建议吴小姐可以如此引导，"某某，我要先理清一件事，我是你的主管，本来就该教导你，但是在工作技巧之外，我也要教你关于职场上该有的礼貌与责任。当你请教别人问题时，你觉得态度应该如何？""我知道你一心想把事情学好，所说的话毫无恶意，但是就因为态度太急切，说出来的话容易令听到的人觉得很不受尊重；我是你的上司，我知道你人很好，但是别人就很难说了。你用这种态度跟人沟通，会造成别人对你的误会，进而产生人际关系的问题，这对你而言不是很可惜吗？所以在请教别人的时候，你的态度请务必调整，好吗？"

教导下属，要掌握这几个重点

上司教导下属的时候，有四个重点一定要掌握，分别是：

温和的口气＋同理的态度＋微笑与点头＋让对方知

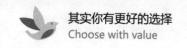
道你的善意。一定要让下属知道，我们是为他好，而不是存心羞辱他、责备他。

因此，在教导下属时，务必要提到"我了解你的动机其实是良善的"，如此，对方才不会觉得我们是在攻击他，对你所说的话心生反抗。

如果为了下属好，想指导他一些事，讲出来的话却刀刀见血，都是指责口吻，那也就不能怪对方听不进去，不愿接受我们的建议了。

其实，下属并不是反对我们的意见，而是对我们的态度感到难以接受。

一个主管遇到下属抱怨自己不负责任时，一定要先想想，自己是否该教的都教了。

曾经，有一位新手业务在进行电话开发客户的工作时，遇到了瓶颈。没想到，上司只是指责他："你就一直打电话就好啦，你就是因为恐惧害怕，难怪业绩做不好！"

像这样的上司，就是不负责任。

负责任的上司应该告诉下属：打电话之前要做什么心理准备？如何收集客户名单？怎样才算是有效的客户名单？当客户心生抗拒，该用什么样的话语去处理？

应该是"讲步骤，而不是只说原则"而已，但是如果只告诉下属要正面思考、要积极热诚、要坚持到底、绝不放弃等心理建设的话，下属又何所适从呢？

步骤、策略与应变之道，都是主管该教的事，如果，我们已经倾囊相授，下属却连做都没做，该执行的没执行，又回过头来问一堆问题，才应直接给予对方应有的"管教"。

◎ 要留谁舍谁？这样决定不后悔

身为主管，既要听从公司的指令，又要带领部属，实在不容易。

但是，在经济不景气时，主管最头痛的事情就是留不留人的取舍问题。

当主管带到素质与态度都不佳的下属时，内心最常出现的疑问就是："到底要裁掉他，还是要继续努力把他拉上来？""这个人是真的不堪用，还是我的领导能力有问题？""我基于妇人之仁留他下来，对公司发展来说，真的是对的吗？对组织有帮助吗？"

如果，你也有上述的疑问，那么建议你：主管该思考的方向应该是，员工的价值观是否与公司一致？绩效如何？

对于企业来说，最希望找到的是价值观正确，并且有绩效的员工，这类型的员工多半上进努力，能主动调整自己适应公司的核心价值，不必主管刻意要求，他们就会自我要求。

有正确价值观而没有绩效的员工，他们态度好，待人很好，有爱心，但就是绩效不好。这类型的员工是好人，但如果公司是以绩效为考核目标时，这类型的员工就应该予以适合的训练，引导发展其潜力，培养专业力。

至于价值观与公司不一致，也没有绩效的人。这样的人态度不好，绩效不好，却又爱找各种借口，留下来对企业并没有好处。

还有一种员工的价值观与公司不一致，态度不好，绩效却很好，令主管又爱又恨。面对这类型的员工时，主管要注意自己的领导力不能被质疑，因为，他们可能不爱遵守公司规定，还常常质疑公司上层的决定，主管要特别留意，不能让对方挟绩效以令主管。

如果我们容许绩效好的下属一直视公司规定如无物，这样一来，其他部属会如何看待上司呢？

再次提醒主管们：若想落实公司的核心价值观，身为主管就必须做到两件事，一是"以身作则"，二是"赏罚分明"。倘若做不到这两件事，就较难建立起团队共识与向心力。

Choose with value

千万不要小看语言的力量

员工吐苦水，这样处理

一位主管告诉我："老师，我发现当主管真的比员工辛苦，尤其是两位员工不和，他们都来跟我说对方的不是的时候，真不晓得该如何是好。"

的确，当主管一定会遇到上述的情形，此时，可以采取的步骤为"认同、间接认同、同理叙述"，接下来才开始进入问话的程序。

所谓"认同"，指的是尊重他个人的想法与感受，而不是肯定他的做法。

当员工向我们抱怨时，可以响应几个简单的认同动作，例如，微笑点头，如此可以让对方知道我们是尊重他，且在意他的事情。

当员工抱怨后，就要展开"间接认同"。

许多主管，在听完员工抱怨后，就会开始论断与建议，甚至表达不满或指责"你怎么把别人说成那样？""有这么严重吗？"如此一来，很可能问题不但没被解决，对方只会觉得我们不了解他，不跟他站在同一阵线，情绪也会跌到谷底。

也许我们并不认同他们的看法，但可以采取"间接认同"的技巧，可以告诉他："没错，我以前也这样想"或"没错，有些人是这样认为的"。至少在第一时间对方会觉得我们有认同他的情绪，接纳他的意见，而愿意开启沟通的大门。

在进行了认同及间接认同后，接下来要做的，就是简单的同理叙述。

同理是尊重、爱和关怀的技术，叙述的技巧在于进入对方的内在，体会对方的感觉，并将对方内在的情感，以精准的语言或文字表达出来，让对方觉得我们是很了解他的。例如，"难怪你这么气"、"换成是我，也会这么生气"诸如此类表达的方式，不但会让对方觉得我们了解他，并且也会将先前紧张气愤的负面情绪释放出来。

一旦对方觉得自己被认同后，也较能开放自己，就可以展开针对主题的对话。此时，必须以事件形成的原因作为对话主轴。

问话的目的是理清这位员工对事件的看法，在谈话过程中，主管必须慢慢引导他，让他了解事情也许不是他所想的，另一方并非那么恶意，像"你知道某某为何跟你讲那句话？"引导性的问话，切勿加入自我主观的评断，例如，"他这个人就是这么小心眼"等；或强烈情绪性的字眼，例如，"他真的是很可耻……"，甚至一起加入战局，比如，"我一定会好好地教训他……"

而是要从不同的角度思考，让愤怒的一方慢慢发觉事情的多面性及因果关系，而非陷入情绪的窠臼里，就比如，"你有没有发现，他对乙和丙也是这样子的，那是他讲话的风格，并不是要针对谁？"

这一套处理抱怨的模式，不仅适用于主管，同样也可用在各种人际关系上，像老师处理学生冲突、父母处理手足间的抱怨、女儿处理父母对女婿的不满等，都有一定的帮助。

◎ 以善意的语言来修饰润色

身为主管，一定会遇到需要为公司或部属缓颊（为人求情的意思）的时候，此时，心中就会出现不同的声音：到底要照实说，还是不照实说？如果照实说，后果恐怕不堪设想；如果不照实说，又该怎么做呢？

说？还是不说？真是两难！

身为主管，当得知两位员工出现冲突时，绝对不能火上加油加深员工之间的冲突；当知道员工之间产生嫌隙，其中一方向我们投诉时，除非情况真的偏颇得很离谱，不然，该做的事，并非真要判决出两人之间的对与

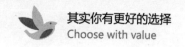

错，而是想办法拉近彼此的距离。

尤其，如果了解冲突的原委，判断整件事可能只是因为相处模式，或沟通方式所引发的不愉快，身为主管的我们，当然更要帮这两位员工重新建立关系。

在处理的过程中，主管有时候要刻意引导出"善意的语言"，比如在处理双方冲突的情况下，除了绝不做负面话语的二手传播之外，重点是必须修补与重新建立关系，引导出双方的善意，就是重建友善关系的好方法。

引导双方的善意语言，让其中一方说出肯定另一方的话，然后，将这样的善意信息告知被称赞的一方，如此一来就有机会引发更友善的响应与重新理解的契机，达到建立起双方新关系的目的。

这就像在家庭里，媳妇的好形象必须靠儿子建立、女婿的形象也需要由女儿建立的道理一样。二手传播的内容，如果都是负面信息，怎么建立好的人际关系呢？如果好的不说，专传坏话，最后会没有朋友的，这只是在撕裂关系，而不是拉近距离。

尤其在人际关系中，如果有这种朋友，大家都知道要小心，更何况是当自己身为冲突仲裁者时，就更要提醒自己发言谨慎，不能助长这样的恶言继续流窜。有些人自认没恶意，认为自己只是说话比较直接而已，对方误会，是他们自己不知悔改。但是想想，在没恶意的状况下，说出的话都容易令人严重误会了，若是真有恶意，后果会是如何？

身处人际圈中，可以基于良善的动机"直言不讳"，却不该有话直说。"直言不讳"跟"有话直说"是不同的。前者是心地坦率，但说出的是智慧的言语，用适切的方式，来进行表达，做善意的沟通；后者则是想到什么说什么，甚至直接用话捅人，两者根本就是天差地别。

我们都不需要虚伪地将别人的缺点讲成优点，而是要敞开心胸，看见每个人的长处与优点，愿意激励与祝福他们，这是人际关系中应该要做的事，不只是主管，也是做家长应该学会的沟通技巧。

我们本来就不该说无中生有的事，身为人际圈的一分子，要做的事是阻止事件当中会产生误会的部分，以及看见善意的部分。即便是负面事实，都该在尽量尊重彼此的情况下，给予双方同理与抚慰。

千万不能小看言语的力量，即便仅是一句话，都不可忽视其影响力的。

◎ 要处理？不处理？冷处理

在面对部门中的人事冲突时，有些主管会采取极度消极的处理方式，比如冷处理。

冷处理、不处理或者逃避，都是处理的方式之一，必须视时空环境来处理。尤其是当事情发生时，大家可能都充满了不满情绪，如果当下做出处置，不见得能解决问题；假使过一段时间，等情绪冷却后，大家可以比较平静看待事件时，再去处置，反而是件好事，也会处理得比较圆满。

最忌讳的是，许多主管因为根本不会处理，才冷处理。当冷处理之后，问题还是留着，日子一久，人事冲突还是会再次产生，甚至引起员工与主管之间的嫌隙与隔阂。

主管到底要如何拿捏处理纠纷的分寸与时机呢？

这跟控制身体病变的道理极其相近。

当一个瘤长在手上，而我们知道自己的身体很健康时，不见得会去处理它，瘤也不至于产生病变；一旦身体不够健康，瘤就会开始病变，病毒可能会扩散开来，再不处理，就会波及身体其他器官，切除的可能不只是一只手臂，甚至还有其他器官要处理。

组织中的问题也是如此，一开始可以冷处理，用冷处理的时间来察言观色与想办法。

在冷处理的这段时间，也可以请教部门中被公认为"良师益友"型的前辈，或是向很有办法的同事请教。如果"良师益友"型的前辈或同事不想表达任何意见，那就仔细观察平时能顺利跟这些前辈或同事互动的人，学习他们的沟通模式。

关系必须自己建立，要得到"良师益友"型人物的帮助，就要见贤思齐，改变自己原来的沟通方式。更别忘了，"赞美＋肯定＋谦虚＋诚意"是不二法则！

评论时，用爱的动机说实话

有时候，主管会觉得不评论不行，此时请再次提醒自己一定要记得，别说出情绪性的话语。

说话太过于情绪化，会不自觉地说出谩骂、讥讽、羞辱与批判等负面的言语，如此一来，和对方的关系将会很难重建。

我的建议是，在说话前先想一想：自己的评论是不是出自于爱的动机？如果是，请想想该如何说话，听话者才能心悦诚服地接受，并且愿意改变。在使用的语词上也请修饰润色一番，讲话时的表情更是要柔和、亲切。

评论时，语气也要尽量和缓，制造舒缓的气氛，这会令事件中的当事人愿意继续听下去。

另一个"撇步"（编者注：闽南话，意为诀窍）则是——不要在公司里评论，也不要在众人面前谈论。

公司是一个团体的工作环境，在公司公开评论，会让当事人难堪；在众人前谈论，难免会传到当事人的耳里，这并不是很理想的评论方式。

与其如此，还不如与当事人一对一就事论事，不但

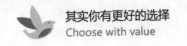
可顾及当事人的颜面，也能达到评论的效果。

❤ 爱的加油站

假如你的部门经常出现相互抱怨的情况，那么，不妨检视一下自己的说话模式。当你愿意改变说话方式，不那么以自我为中心，多考虑他人的立场，多些同理心与温暖；改变表达的态度，不要咄咄逼人、目露凶光，多点亲切与柔和，多些赞美与肯定，相信你的人际关系会得到很大改善，做起事来必然会越来越顺利。

只要主管改变，部门间的人际情况就会"上行下效"，越变越好，进而影响整个组织的氛围。

面对职场两面人，怎么处理才对

"老师，我的助理在我面前总是称赞我人很好，在我背后却说我的坏话，你说，这种两面人到底要拿他如何是好？"甲主管问。

"两面人"的困扰，不只是发生在公司里，只要是团体，都会有人被说是两面人。

担任企业顾问多年，发现大部分的"两面人"，除了个性因素外，大都是沟通技巧不佳所引起的。

好的沟通模式，并不是按照自己喜欢的方式说话。沟通的目的，是在于用对的方式，尊重彼此的不同，包容彼此的差异，并且互相接受彼此的论点，制造彼此双赢的结果。

记得圣经上有一句话"灵巧像蛇，驯良像鸽子"（出自马太福音第十章第十六节），我想，一个人的待人处世，的确要有弹性和灵活度，尤其在充满利害关系的职场上，更需要如此。

有一次，当我在课堂上提到这个观点时，台下的学员立刻发言问："这样做会不会很虚伪，就像墙头草？"

所谓的"看人说话"，并非墙头草、两面倒，而是因为每个人有不同个性与处世模式，应该尊重对方，用对方能懂的、适合的方式与他沟通，毕竟沟通的目的是双赢，而非只是随意表达而已。

如果硬要说出根本不存在的优点，才是所谓的虚情假意。而为了个人的利益动机，想要获取某些东西，故意说些虚伪不实的话，才真是墙头草。

针对甲主管的问题，我会请他找助理当面确认，看看助理是否真的说出这样的话，再询问对方为什么会有这样子的想法，并理清此事。

此外，也建议甲主管要思考自己与助理的关系：假如关系良好，助理应是直接与主管讨论他的想法，而不是在公司中说主管的不是，影响同事们对主管的看法。

Choose with value

新官上任要烧的"第一把火"

新主管的诞生管道，不外乎两种，从公司员工中寻找合适人才，不然就是从外面找一位空降主管。

刚升上主管的Ｐ先生，属于前者。

Ｐ先生在公司待了两年，就被拔擢升官。原本这应该是件值得庆幸的事，但他却发现，自己被"管理"这门课害惨了！

首先，在心态上，Ｐ先生觉得自己在三十个同事之间，忽然被升为主管阶级，让他陷入一种不知该如何面对同事的尴尬状况。

正式坐上主管位子后，他发现部属对他的领导产生质疑，甚至说："你以前是怎样的一个人，我怎么会不知道？你凭什么现在可以这样管我？"让Ｐ先生更不晓得该如何管理大家。

当Ｐ先生想交办事情给部属时，竟也有人拒绝配合。

种种状况，让Ｐ先生不敢硬性要求下属，甚至干脆自己包下所有的重活，只让下属做些无足轻重的杂事，把自己累得半死，不晓得到底该如何是好。

✤ 上任第一件事：肯定大家＋表示诚意

"昔日同事变部属"的确是很大的学习与挑战。

在进行公司组织的协谈时，我经常提醒大家，没有人知道自己哪天会成为主管。但是，平常跟同事的相处情况、工作态度与专业程度，都是有朝一日成为主管后，别人信服与否的重要因素。

如果你平常负面意见很多，做事总是敷衍不认真，一旦成为主管，你的领导一定会立刻出问题。因为大家一定不服你，觉得上司不公平，竟然晋升一个抱怨鬼、懒惰虫。

另一种"不被信服"情形是：在你当了主管后，同事觉得"你变了"、"换了位置就换了脑袋"，感觉你当了主管后就有了官架子。

无论如何，成为主管后，一定要以主管的身份，跟大家开个会，先建立团队共识，让大家对于你成为主管这件事有共识。

有些人对于成为主管感到惶恐害怕，总觉得部属之中，有些人比他还资深或年长。

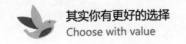
的确，如果你平常做起事来，并未具备足够的专业度，工作态度也不比人家好，人际关系也不算融洽，心态上还真的很难当之无愧。

无论是哪一种类型，新官上任时，一定要开个宣达会议，告诉大家如下一段话："今天把大家找来，是因为最近职务上的调动，让我成为主管。很感谢公司对我的看重，但我知道要将部门带好，并不容易，而要把部门带向更好的境界，重点不在于我，而在于整个部门每一个人的通力合作。我真的是需要大家的协助，比如，某某在公司待了许多年，我从进入部门开始，就向他请益过很多问题，要不是有他，也不会有今天的我；还有某某，总是在帮我……"你必须用感性的态度，让大家知道你是需要众人配合，才能完成领导工作的，更要赞赏在场的同事们的优点，让同事们感到被重视。

在肯定大家之后，接下来要说的，则是表达诚意。可以这样说：

"我只是想借这个场合，谢谢大家愿意把这个机会给我，让部门在大家的努力，而不是我的带领下变得更好，闯出一番新局面。日后，若我个人在说话上有任何不够得体之处，还请大家见谅；如果公司有一些对我们部门的要求，我也会让大家知道，为何公司要有这样的转变。出任主管职后，若大家觉得我的作为有任何地方不妥，也欢迎大家告诉我，让我有机会修正。"

升任主管的人，必须对同事的作为予以肯定，并表现出十足的诚意，这样大家才不会觉得你处处摆谱，而

是愿意跟大家一起奋斗努力，对于主管来说，开一场宣
达会议，绝对是有帮助的。

❤ 爱的加油站

很多人在当了主管后，因为怕自己给人高高在上
的感觉，所以一直不开会，以为这样子比较低调。殊不
知，如果没有建立团队的共识，团队内的人心是很浮动
的，台面下仍会耳语不断。

开会建立共识是必要的，不过也可以其他的方式传
达此重要讯息，以避免"开会"的紧张氛围，例如，约
大家吃个饭，在和缓舒适的情境下，与大家达成共识；
也可以发E-mail给大家，表达你的诚意，不见得要用开
会的形式。

假使你已经试图建立共识，且尽力表达在领导上的
善意与诚意了，但在日后的领导过程中，还是一直有人
阻碍你，总是不愿配合或与你抗争，此时就应该找部门
的上级主管沟通，当一对一沟通无效时，再往上报。此
时如果还是无法沟通，就该请高层力挺，充分授权，果
断地处分。

☷ 空降部队，建立关系最重要

J先生是一家外企的老板，他是一位外国人，才刚
接任这个职位不久，就发现这家公司的团队士气很差。

于是，他邀请我们公司帮员工规划"Team Building团队建立"的课程，希望借此训练可以重建团队士气，强化员工对组织的向心力。

当我为这家公司的一级主管上课时才发现，问题并不在于公司员工。

原来，这家公司的前老板，跟部属感情很好，总是谈笑风生，与大家都平起平坐；没想到J先生一来，却严格整顿这家公司，并且作风强势，一板一眼，才上任没多久，就跟部属之间起了很多冲突。甚至连一级主管们都不愿意配合J先生的改革，难怪J先生会觉得全公司的团队士气很差。

其实，不论接任的目的是不是在于整顿部门，只要是空降部队，"建立关系"都优先于整顿工作。

在网络上，流传着这样一个故事：曾有个很优秀的经理人，被猎头公司介绍到某家外企，大家都恐惧他的威名，不断猜想他究竟会做什么大幅的改革，没想到他上任后迟迟未做任何人事调动，过了很长一段时间，才进行大刀阔斧的变革。

这位优秀的经理人表示，之前迟迟不动手改革，是因为他在察言观色。

姑且不论这个故事是真是假，对于身为企业顾问的我来说，故事中主角的做法的确值得喝彩——他知道新官上任时，是看不出公司中哪些人是真做事，哪些人是假认真，所以干脆按兵不动，等到时机成熟才伺机行动。

空降部队在进行改革时，也该如此。假如不先建立关系就大刀阔斧地改革，会导致人才流失，也无法获得人心——因为根本不了解谁是真正的人才，不知道谁才是好人。

除非是很紧急的状况，不立即改革，部门就会持续严重亏损（如先前的金融风暴，公司直接发短信，要大家不要上班），否则，任何空降的主管，该做的不只是改革而已，因为建立关系远比改革更重要。

职场的文化与领导者的个性极有关系，领导者愿不愿意改变自己的处世风格是极大的关键。如果因为你的加入，让气氛变得凝重，彼此难以合作，跨部门合作也状况不断，搞得人心思变，那么，先离开的人会是谁，就很难说了！

Choose with value

合格主管，光懂"沟通技巧"还不够

身为主管，又要配合公司，又要领导部属，个中的酸甜苦辣，唯有真的成为主管的人才能体会。

一位合格的主管，光是懂得"沟通技巧"还不够，只有学会"深层沟通"的原则，才能做到真正的沟通。

"深层沟通"的四个原则如下：

原则一：建立信任关系

问题出现了，赶快行动！

且慢！

在处理问题前，请记得务必先与对方建立信任关系，信任关系若没有建立起来，将会发现，当事人会逃避，找理由来防卫，而不会讲出真正遇到的问题。

为了让对方与你的谈话有安全与信赖感，处理问题的第一步无疑是与当事人建立信任关系。

🌀 原则二：建立情绪安全感

现在，你已经与对方建立了信任关系，但是有时候，即使关系已经建立了，谈话时却还是没有安全感。就像有些人明知道你人很好、很有爱心，但是，心中还是会担心，待会儿会不会被骂？

一旦对方缺乏安全感，当下的对话也会无效。因此，在关系建立后，还要建立情绪上的安全感。

"情绪安全"指的是：让当事人感觉沟通对象（主管）能自我管理情绪，不会情绪失控，更进一步是，主管可以激励当事人，对他有好的情绪影响。当情绪安全感建立后，双方所说的话都不会担心被曲解，彼此在谈话时，就有安全的氛围，也才能将心中真正想说的话，勇敢地告诉对方。

🌀 原则三：开放性问句

当对方的情绪安全感都建立之后，第三个原则，才是透过问话技巧，针对问题做处理与修正。

问话的技巧是：采用开放式的问句，不要直接给予封闭式的答案。

开放性问句可以用"为什么"来当做关键词，如"你

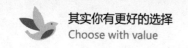

为什么会这么说？"来替代封闭式答案，如"我早就跟你说了，你看，你就是不听。"或"你总是都这样"。

封闭式的答案，相当于一种封闭式的论断，对方听到就无法反驳，就算或许说中了事实，却没问对方这样做的动机，一旦主管不了解情况形成的原因，对方很可能会认为主管根本不想懂他。

假如在缺乏情绪安全感的情况下，主管又直接给予封闭论断，如此一来，对方要不是退缩，就是受不了主管的论断后，直接主动攻击。这两种反应，都无法达到沟通的目的。

采取开放式问句时，也可能会受到一些"挑战"。因为，有些人可能会回答："我承认自己这部分真的没做好，问题是，主管，我觉得你也没做到。"

此时，身为主管的人不妨采取柔软的身段，告诉部属："我承认，这部分我的确没有做得很完善（没有达到当初的目标），今天找你谈，就是希望我们一起努力，让我们的单位可以更好。"

如此放下身段沟通时，部属不但觉得主管十分有担当，也感觉主管很有气度，有助于化解先前的沟通障碍。

◎ 原则四：弹性行为

当感受到沟通对象的态度不佳、眼神涣散、表情茫然时，就要采取适当的弹性行为。

所谓有弹性，指的是在关键时刻，一个人身段的柔软及语言使用的技巧，包含开放式的倾听，该幽默时就幽默以对，或可以撒娇带过的部分，就尽量四两拨千斤等（更多详细内容请看我的另一本书《会说话的人好办事》），甚至是该认错时，说声对不起也没关系，像："某某很抱歉，我不应该说出这么伤人的话，我想，要是我听到别人这样讲我，我也会很难受的。""上次在会议中，我的个性太急了，回想一下，那些话实在太难听了，我得为我的行为向你说声抱歉。"

切记：在进行"弹性行为"的谈话过程中，对员工所说的话，绝对不要做主观的论断。

例如，员工上班经常迟到，约谈时对方又说了很多的理由，再怎么样，也不要主观地论断他的不是，而是采取"以退为进"的弹性行为，先肯定员工其他的优秀表现，并告诉员工："某某，我们两个可以一起做事，我真的觉得很开心；我也觉得你做事很仔细和积极，你对同事很热心，这些都是大家可以向你学习的。然而守时是建立单位纪律有效学习的条件，为了单位的团结，我希望你能够遵守上班时间，好吗？"（此时要微笑点头）

当主管这么一讲，员工必能领受主管的用心与培育，他回到工作岗位时，也会更加努力！

在深层沟通时，同样别忘了肯定及缓慢的语气，柔和的声音和表情，都是沟通成功的关键。

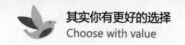

Choose with value

老板有爱，员工士气跟着来

E先生是一家中小企业的老板，他的公司曾经很风光，员工一度多达几百人，近年来因为种种因素，导致业绩下滑。E先生为了让公司继续营运，只好裁员，最后只剩下几十位员工，这些仅剩的员工之间，也因为担忧裁员问题而变得关系紧张，办公室的气氛总是非常低迷。

为了提振公司的气氛，E先生前来找我咨询，他希望剩下来的员工不再士气低落，可以重建信心，至少大家的感情应该好一点。

我问E先生："领导组织的两大原则就是以身作则与赏罚分明。请问董事长，通常上班时你会提早或准时到达吗？"

他支支吾吾地回答说，自己大部分时候并未准时上班。

我接着问："那么，当你进入办公室时，是否会跟员工们热情问早，大声问好？"

E先生又不好意思地说："没有，通常都是点个头就进办公室了。"

我又问："你是否经常赞美你的员工，对他们的工作成效给予肯定与鼓励？会适时激励他们的品格与行为表现、感谢他们长期为公司付出吗？"

"这……也没有。"E先生告诉我，或许是因为个性拘谨，他实在不习惯跟员工大声问好，也不知道该如何赞美、感谢员工。

听到这里，我告诉E先生，既然他的目标是改变团队氛围，就不要再去想自己个性如何了。

首先，建议E先生："从现在开始，每天上班一定要准时，你做得到吗？"

E先生不确定地回答："我会想办法。"

"董事长，现在是关键时刻，要改变团队氛围，最主要的关键是领导者能以身作则，所以请务必要下决心。"当我分析其中的重要性之后，E先生也答应了这个要求。

"当你进入公司时，有些员工已经坐在位置上了，你必须要改掉低头走进个人办公室的习惯，而要一进门就大声喊：大家早。"我继续说出第二个建议。

对于保守的E先生来说，这个要求实在有点为难，他反问我："真的要这样吗？"

"不要担心员工会觉得你怪怪的，只要持续做，员

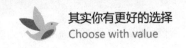

工自然会习惯的。"

我再告诉E先生，接下来，只要看到员工的努力与用心，就要拍拍对方的肩膀，说："辛苦了。"或者是看到某个员工的企划写得很不错，就要乘机在众人面前称赞他的杰出表现。

在这三个建议中，第三个部分可以慢慢来，最要紧的则是"准时上班"、"主动问早"这两项，不但要立刻执行，而且要连续做21天。

隔天一早，E先生果然九点准时进办公室，大声对所有人说："大家早！"

所有的员工都吓了一大跳，抬起头来看了他一眼，然后低下头继续做自己的事。

第二天早上九点十分，他打电话告诉我，他感到很沮丧，因为员工们对他的大声问早，反应非常冷淡，让他觉得很难堪。

眼看E先生就要放弃了，我急忙告诉他："董事长，你答应要连续执行21天的。要不然这样好了，如果你连续做了21天，公司氛围没有改变，团队士气没有重建，那么你所有的上课、顾问费用都全免；如果21天后，员工士气改善了，达到你预期的效果了，那你就把费用三倍奉还给我，好吗？"

他听了之后，连忙说："我是开玩笑的，老师你不要那么严肃，我会再努力看看。"

到了第四天，他很高兴地告诉我，坐在最靠近门边的几位员工开始有了回应，跟他说"早"；到了第五天，一半左右的员工响应说："老板早。"

到了第七天时，不待他跟大家问早，就有员工主动跟他问早。

♥ 爱的加油站

一个组织的氛围要改变，必须要领导者先改变。

领导者若是活泼热情，这个团队通常活泼热情；若是你待人冷漠又虚应故事，那么你带领的人，也会是冷漠又虚应故事的。

我们看到许多领袖，在组织中能建立良好的团队士气与向心力，甚至赢得部属的尊敬与信赖，通常他们是凡事以身作则，才能发挥影响力。身为领导者的你，千万不要选择否定式的话语告诉自己："我干嘛做这些呢？别人会以为我是神经病！"要成为一位卓越的领导者，以身作则不是一种要求，而是一种责任。因为当团队成员看见领导人教导的是自己所做到的，而非知道而已，他们必然会心悦诚服，起而效仿。

第六章

让你跟孩子的关系更好

许多骇人的社会事件，让父母们大叹："教育小孩真的很难！"

许多人感叹现在的孩子，如同草莓一般，外表鲜美亮丽，却耐不住压力和碰撞。然而，我们要反思的是，这群"草莓族"是谁教养出来的？又是谁过度细心保护培育出来的？

当然，我们也看到了不少的孩子，不但有良好的工作态度，在职场上专注投入、积极负责，面对困境也能正面思想、勇于挑战，对长辈、主管也谦恭有礼、虚心学习。

同龄人之间为何有如此大的反差呢？

Choose with value

改变孩子的坏习惯，从价值观做起

现在的孩子，有人会做钢管辣妹，有些会当视讯小姐，有人会寻求一夜风流，有人会开轰趴吸毒寻乐（编者按："轰趴"英语"Home Party"中文谐音的简称，也就是私人举办的派对），但相对的有人就是循规蹈矩，积极学习，凡事一步一个脚印。

为什么很多孩子出社会后，面对天大的诱惑都不心动？又为什么却也有一些孩子出社会后，只要有一点点小诱惑，就偏离了正道，明知不该，却克制不了这些对自己的吸引呢？

一个人的行为，是要求不来的。

行为来自态度，态度正确，行为就会正确。

然而，为什么有些人的态度是积极正面，有些人却是消极负面，有些人自我纪律很好，有些人非得鞭策或管教，才能往前走一点，三天不到，又回复本性？

最重要的源头，都与价值观有关。

一个人的价值观，将影响态度，态度又影响行为。

所以，如果希望改变孩子的态度与行为，必须从建立正确的价值观开始。

Choose with value

孩子总说"差不多就好"，怎么办

"老师，我们快被儿子气死了。"一天，有对父母前来找我协谈，谈到儿子，两人脸上流露出一筹莫展的表情。

他们的儿子阿强，是一位大学二年级的学生，从小到大，无论是考试或比赛，总是摆出"差不多就好"的态度，只求六十分就好。儿子觉得考一百分会有压力，考太差又担心别人瞧不起他，考六十分刚刚好，差不多、差不多就可以了。

凡事只求六十分，正是这个儿子的处世态度。阿强的父母觉得，儿子才二十岁，就对人生欠缺目标与热情，将来还得了！

不久后，阿强进来了。

为了让协谈顺利进行，我请阿强的父母先在外面休息。

与阿强谈话时，他一点儿也不认为自己有问题，是他的父母亲硬把他"抓"来的，他只好跟着来。

他还反问我："为何要追求卓越呢？把自己搞得这么累要干什么？我这样也不错啊！""如果我要读这么多书，什么都要考好，我就没有时间玩在线游戏，也不能跟同学出去玩了耶。"

我告诉他："追求卓越不是要你凡事第一，登峰造极，而是一次比一次更好的精神与态度，你有八十分的能力，却只想做到六十分，这不是很可惜吗？"

此时阿强静默不语，我继续说："你现在能凡事及格就好，但是以后出社会，你的上司或老板对员工的要求不会是这样，他付你一个月八千块薪水，不仅希望你做完，还希望你做好，若是你样样只做到六十分，对老板来说，他很难会聘用这种员工的。"

听了我的分析，阿强反驳说："老师，你放心，我不会去找这种老板的，我会去找要求不高的，这样就能做我自己要做的事，玩我想玩的，该做的事做完就好。"

阿强的回答，让我知道，再继续与他沟通下去，并不见得会有太大的效果，心里正思考着：这孩子是否在成长的过程中，遇到过什么样的挫折与压力，还是父母对他的教育与引导出了些什么问题。所以接下来，我协谈的对象转为他的父母。

"能否请你们说一下孩子的成长历程，还有过去是

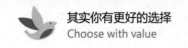
否曾遇到什么较大的瓶颈或打击？"我首先打开话匣子。

通过父母亲的描述我得知，阿强小学到初中，功课都名列前茅，自我要求甚高，得失心重，考试一没考好，情绪的波动就很大。高二时，因为在学校与同学争执打架，被班导师公开训斥："以为功课好，就了不起了！会读书，不会做人有什么用……"之后，阿强成绩一落千丈，对任何事情都提不起劲、毫无兴趣，每天情绪低落，渐渐地就投入在线游戏里了。

"在这过程中，你们曾经和孩子沟通学校与在线游戏这件事吗？"我问。

"每次问他，都避而不答，要不就搞得大家都不高兴，本来我和爸爸都很气的，但因为看这孩子一天比一天不快乐，经常一个人锁在房间里，我们也担心会不会出事。所以就不再要求他，健康快乐就好，平安就是福。"

听到这，我大致对阿强会有"差不多就好"的想法，有了一个初步的了解。

"我们真的很担心，阿强以后会一事无成。"阿强的妈妈说。

◎ 要快乐，也要求负责

阿强高二以前成绩优异，因为老师公开的指责，使得这孩子性格骤变，成绩一落千丈，从此只想追求快乐，不再自我要求。

家长看到孩子如此当然会担心，宁可他快快乐乐成长，也无须功成名就，但只是告诉孩子："快乐就好，平安就是福。"

无法解决根本的问题，公开指责一事是孩子问题的根源之一，必须正视去处理，否则一个才华洋溢的孩子，可能失去原本追求梦想的热情。这也同时提醒了许多老师和主管，不要轻看你所说的每句话、做的每件事。你的不经意可能都会留下极大的负面影响，让一个人日后要花许多时间去面对和处理。

在咨询过程中，我常常发现，很多孩子不需要别人要求，他们的自我要求就很高了；但有些人不是如此，如果不管他，不要求他，他是不会动的。

对于小孩来说，明明能做到八十分的，却把时间拿来玩耍，或是明明可以将书念得更完整，却因为想打电动而放掉坚持，宁可追求快乐也不想追求奋斗。在小事情上就已经是如此，当长大后出社会，可能就会渐渐形成"先享受再付出"的价值观。

很多小孩就是如此，将快乐作为人生第一个考虑的重点，而忽略人生还有很多要承担的部分，例如，责任、使命或成就。长大后不会为自己负起责任的人，经常是从小就是由父母亲为他负责任，进而形成"可以做好却不需做好"的价值观。我曾听过一段极有哲理的

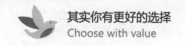

话："一个过度快乐的童年，会换来一个不快乐的成年。"个中道理即是如此。

很多人认为快乐与负责这两种信念是对立的，其实不然。在阿强的故事中，因为高中老师当众羞辱他的经验，加上父母过度的担心与保护，只希望他平安长大，所以灌输了他"人生快乐就好"的观念。

但是快乐之外，人生还是可以很尽责的，如果父母只告诉小孩要快乐，却忽略应有的自我负责，习惯让别人为他负责，孩子的将来，就很令人忧心了。

◎ 不是不做，是没有热情

眼见阿强的父母如此为孩子担忧，我也想替他们找出一道曙光。

"阿强是否曾经主动做过能激发他动力或热情的事？"我又问。

他的父亲告诉我，阿强曾经在知名牛排连锁店打工，他对工作形态和内容都很有兴趣。当时，本来应该十一点就收工，因为他跟那里的员工、客人感情很好，总是主动留下帮忙整理杂务，或是跟伙伴们聊工作心得，常常凌晨一两点才回家。

听到这里，我心里一阵惊喜，其实，阿强还是有机会改变的。

我继续追问阿强的父亲，在阿强打工的那段时间，是否经常跟父母分享在牛排店打工时，遇到的人、事、物？

阿强的父亲点点头。

"不过，因为我觉得读书比打工重要，所以后来就不让他去了。"阿强的父亲说。

很多父母总觉得现在的孩子不太肯做事，也不会主动的力争上游。

其实，不少年轻人是因为不知道自己要什么，适合什么，而不是不肯做。

正因为不明白自己的意向，在选择工作时，他们经常无所适从，面临不算好的机会往往仓促接受，真遇到好机会却不知把握，发现走错路时，已经虚掷了多年光阴。

在前面的故事中，总是抱持着"差不多就好"的阿强，其实已经找到自己有兴趣的工作，只不过后来因为父亲的反对，只好停止工作。

如果平日对事情都抱着"差不多"态度的阿强，可以找到一个让他充满热情和积极的环境，对他来说不但是一种鼓励，说不定还会对阿强平时处事的态度有好的影响，让他从一个"差不多"的孩子，变成追求卓越价值观的孩子！

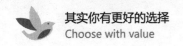

Choose with value

让孩子养成"持续进步"的习惯

"老师，我的小孩一点儿也不卓越，真不晓得长大后该怎么办。"有一次我去喝喜酒时，与坐在身旁的人交换名片，当他看见我公司的名字"卓越人生"时，立刻向我抱怨他的孩子。

相信，许多父母总是希望孩子卓越出众，有些只求平安快乐就好。

然而，卓越的意思，并不是要求完美，成功致富，而是一次比一次变得更好，是一种精益求精、不断学习成长的精神与态度。

尤其对孩子来说，当父母希望孩子表现卓越时，首先要了解孩子的能力与热情所在。

在能力方面，如果小孩子目前只有六十分能力，就不要定八十分的目标，因为，孩子在短期内是无法达成的，建议以六十五分为目标，引导孩子逐渐进步。

因为，当孩子做不到的时候心中会出现挫败感，于是，就更不想追求卓越了。

一进步，就赞美

为了让孩子乐意持续进步，当孩子做到六十五分时，虽然只有五分的进步，父母也要在这五分上面，赞美、认同、肯定孩子，如此一来，孩子就有动力往七十分前进；当孩子做到七十分时，父母一定务必再次鼓励、认同、支持他，并找机会在众人面前肯定孩子，这么一来，孩子就有更多的动力往七十五分迈进。

很多孩子无法"持续进步"，是因为当孩子进步时，父母不予以肯定与赞美，甚至觉得："才进步五分，只是及格边缘，有什么好说的？"

大人不知道，对孩子而言，即使只是两分，也是一件很不容易的事。

有些家长认为，"严师才能出高徒"，"不打不骂就不成器"，但是，对某些孩子而言，做不到就是做不到的——至少在短时间内来说，他的能力就是无法达成。

一旦孩子做不到，而父母又不认同，他们就会内缩、恐惧，甚至产生排斥的心理，害怕承担自己做不到的事，就算再有机会，孩子也会认为："那不是我擅长的事，请不要要求我做。"

亲爱的父母们，如果你的孩子只有六十分，当他做到六十二分，请看见那两分的努力，给予孩子肯定、认同、赞美，并且告诉孩子："没关系，我看见你的用心，也看到你的努力，我知道你会越来越棒的。"

如此一来，孩子交出来的，将会是更高的成绩，然后一次比一次进步。

看见孩子的好，而不是预设孩子的好

一个人是否卓越，有没有卓越的潜力，并没有绝对的答案。

卓越的关键在于：孩子的独特是否被看见，是否被激励。

很多时候，不是孩子没有热情，而是他热情的领域，不被父母认同或允许，甚至有的父母亲还会剥夺他们的热情。

世界首富巴菲特某次演讲时，谈到热情。此时，有个听众举手问："你说热情很重要，我的孩子书读得不好，做起事来散漫分心，他只会玩滑板，每次玩起滑板都像疯了一样，难道我要支持他玩滑板的热情？"

巴菲特回答他："你当然应该给予支持，因为到目前为止，你的孩子好不容易找到一件让他能专注、有热情的事，你应该让孩子在这件事情上，培养专心、负责的态度，培养克服逆境的韧性。玩滑板容易跌倒，你的孩子要掌握技巧，就必须跌很多次跤，他可以透过这些练习，不断挑战自己，也学到纯熟的技术，减少受伤的频率，你要鼓励他，因为这是磨炼他从逆境中爬起来的最佳训练机会。"

在协谈过程中，我发现很多父母亲不懂得如何教育孩子，把小孩锁在金字塔里，忽略孩子发展自己的高度兴趣，甚至抹杀了他们的热情。

也有些情形是，大人很想帮助孩子找到人生方向与热情所在，却因为自己预设了立场，希望孩子往自己期待的方向发展，所以始终忽略或压抑了孩子真正的能力与热情。

有则新闻说：某个在校成绩非常好的孩子，回到家只爱玩游戏，他妈妈为了禁止他玩游戏，就把网线拔了，把电脑关了，结果那个小孩竟然以死明志，还留下一封信说："我唯一能释放压力的就是游戏，如果我连一个情绪出口都不能拥有，那么我只好走了。"

天下的父母亲都应该要读读这封信，并深思一下这个问题。

我不是鼓励孩子要玩游戏、网络交友，而是觉得父母不妨多陪陪孩子，让孩子与父母有好的关系，并培养孩子健康的休闲活动和良好的人际互动，并让孩子有适当的抒压方式。因为当父母亲与小孩之间的互动如果只剩下成绩单，其实并没有真正沟通；如果孩子没有户外休闲活动，或是某种可以抒发他情绪的管道，孩子如何能不出问题呢？

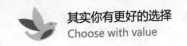

　　并不是每个爱打游戏、上网吧的小孩都是坏孩子。也许他们在玩在线游戏时，结交了可以彼此聊心事的朋友。只要孩子的价值观正确，他结交朋友时，其实是会自我筛选的。

　　父母们，请看到孩子们独特的地方、有热情的地方，而不是"预设"孩子们该对哪些事情满怀热情。因为这些预设只是你的期望，而不是孩子们真正想要的。

Choose with value

当父母的价值观与孩子冲突时，怎么办

　　小晴是一位从国外回来就学的中学女生，对艺术很有兴趣的她，也按着自己的兴趣就读相关专业，但因为中文不够好，与同学的相处总有些隔阂，再加上小晴的个性较为内向，这越来越严重的人际问题，逼得她快要读不下去，而想休学。

　　小晴的父亲，在社会上有一定的地位，听到女儿提出休学的想法，极力反对。

　　对小晴的父亲来说，"休学"是一件很严重的事，与他的价值观完全不同，而且小晴已经十七岁，因此他要求小晴要学习忍耐。

　　没想到，小晴竟然开始出现恐慌症，只要一到学校就开始头痛，想呕吐。

　　有一次，我为小晴父亲的公司进行员工训练，课程结束后，小晴的父亲提起她的情况，并希望我能跟小晴谈一谈。

与小晴面对面谈了半小时后，我觉得小晴的状况十分严重，之后再与小晴的父亲晤谈，了解他真正的想法与担心。

于是，我问小晴的父亲："你们是要一个健康活泼的孩子，还是要一个高学历却无法自行走下去的孩子？"

小晴的父亲默不吭声，因为要一个孩子休学，强烈冲击他内心的价值观。

眼见小晴的父亲不说话，我又问："如果今天你到学校上课时，班上没有同学能与你讲得上话，还嘲笑你，令你一到学校就想吐，而且你的父亲却不断告诉你'哪里跌倒要从哪里爬起来'，你心中会有什么想法？"

在这次的协谈中，我并未要小晴的父亲做出决定，只是试着让他站在小晴的立场着想。

几天后，小晴的父亲告诉我，他因为深爱女儿，也被同理心所触动，因此决定让女儿办理休学。

对的逻辑不见得适合每个人

"哪里跌倒，就从哪里爬起来"是一句父母亲十分爱用的座右铭。

这句话本身的道理固然没错，但是，当父母亲以这句话激励小孩子的时候，请考虑：孩子有没有站起来的能力？

如果一个人的两条腿都骨折了，还硬要他站起来，岂不是强人所难吗？

相同的，假使孩子现在的能力，仍然做不到，父母还要他去做，他最后一定会倒下的。

此时应该思考的是：如何给孩子时间恢复，让孩子有慢慢站起来的能力；否则，孩子一辈子都需要别人的搀扶。

请仔细观察孩子的身心状态，就算知道孩子有能力，也请以引导的方式来激发他的潜力。

我曾经听过一位牧师提到一个广为人知的真实案例。

故事中的爸爸，是个晚年得子的老兵，妻子却在生下儿子后离世了。老来得子本不易，而失去妻子的伤痛，却让老兵将人生最大的期待与梦想完全投射在儿子身上，全心致力于将儿子栽培成最优秀的国家栋梁。培养儿子念医学系，就是他最重要的梦想。

孩子知道父亲对他的期待很深，也很感谢父亲辛苦地将自己拉扯大，于是他顺应父亲的期许，一路连连考上建中、台大医学系。让人意想不到的是，当他在医院实习的时候，一见到血就当场晕厥了。

身为军人的父亲知道后，就不断告诫儿子："你要勇敢，男人如果怕见到血，不就等于什么事都不能做了

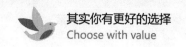

吗？你一定要想办法去面对你的问题。"

父亲的一番话，让极欲打消行医念头的儿子只能硬着头皮撑下去。但每每在实习、进开刀房之际，心中都充满恐惧感，只要看见了血就晕倒。甚至连他的老师都出面跟他的父亲沟通，父亲还是不能接受自己优秀的儿子却因为怕血而无法成为医生的事实。不死心的儿子还是提出想转专业的念头，父亲仍然无法接受，不断强迫他要克服见血的障碍。

就在见习要结束的那一年，儿子终于发疯了，后来长住在精神疗养院。

这是一个让人心痛的案例，故事中的父亲，可能因为希望孩子要勇于面对问题，不要逃避，或是将自己一生的梦想都寄望在儿子身上，于是逼着儿子朝他要的方向去功成名就。

想一想：怎么样的人生才有价值

每当我说完这个故事，我都会问大家：

"身为父母亲的您，认为人生究竟要怎么过，才是有价值的？"

"您是要一个健康孝顺的小孩，还是要一个优秀，但是身心却有某种严重残缺，或是几乎跟您关系决裂的小孩？"

近来，不少报道都提到，很多父母将自己的积蓄给了孩子出国读书，孩子学成后却不归国，让父母成为独居老人，让父母觉得自己是"枉费了苦心"、"白疼了孩子"。

换个角度想，小孩当初不见得想要离开父母、出国读书，而是父母亲逼小孩离开原生家庭的，为什么呢？孩子长大之后，因为不想再被父母约束控制，所以干脆远离父母。

因此，大家不妨思考：我们一辈子努力，为的是什么呢？是希望一家和乐融融，和谐的家庭关系，还是栽培出高成就、高地位的孩子，但却无法一起享受天伦之乐？

不少人的价值观是互有冲突的，既期待小孩功成名就，又希望能一家和乐，我们既然都知道鱼与熊掌未必可以兼得，又为何一定要小孩功成名就？而这所谓的成就，到底是孩子自己的选择，还是父母所冀盼呢？

提醒您：既然做了选择，就要想到最后可能的结果，得到了自认为重要的东西，也许有一天，却会牺牲掉更有价值的事物。

Choose with value

孩子未来如何发展，没有人说得准

很多年轻人在选择专业时，并不清楚自己真正要的是什么，反倒是父母对孩子有期待，对于孩子要选择的专业早有定见。

父母的期待，不见得是孩子喜欢、认同的。有些孩子无法清楚地了解适合自己的事物时，通常会选择听从父母的建议，这可能是因为过去他们与父母的关系是比较紧密，或是父母管教方式是比较严厉的缘故，使得他们不得不听从。

其实父母亲较佳的处理方式是：就算想给孩子建议，也要尽量尊重孩子的想法，同时，尽可能客观分析可能性与未来趋势。

许多孩子往往只是因为分数达到某个学校或专业，于是就去念，却并非出自于真正的兴趣。结果，总是无法投入学校的课程，踏入社会时也茫然不知自己到底想要从事什么样的工作。

在做任何决定时，个人志趣是重要参考方向，甚至是首要的指标。

未来究竟会如何发展，没有人说得准。引导孩子了解自己兴趣与专长，建立孩子的信心及热情，是身为父母者最重要的"任务"。

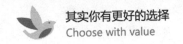

Choose with value

学校VS.专业，如何思考

林小姐参加大学的同学会后，与我分享同学会上发生的事情。

林小姐和她的先生都是T大毕业的学生，同学们个个都是精英，聚餐时也聊起了孩子就读的学校。

林小姐的孩子刚考上一间私立大学，相较于其他同学们的孩子多半考取公立大学，显得较为逊色。

"你要不要让女儿重考？"一位昔日死党建议，其他的同学们也纷纷提出各种意见。

"不必了，我觉得孩子的健康快乐比成绩重要。"林小姐笑着告诉在场的同学们。

当林小姐告诉我她的回答时，我觉得她真了不起，她真心在意小孩的身心发展，可以不理会他人眼光，不受社会价值观影响，对于做父母的人来说，尤其是学历这么高的夫妻而言，并不是很容易。

我曾经多次受邀参加亲子座谈会，发现家有高中生的父母，最烦恼的就是不晓得该让孩子就读哪一个专业，哪一所学校。

许多家长也怀疑，孩子感兴趣的专业根本毫无前途可言，还要让孩子念吗？

一位父亲甚至说，自己的女儿成绩很好，却对设计有兴趣，但是他的亲朋好友们都觉得设计没前途，于是，他劝女儿选择法律专业，不知道这样做对不对？

听完这位父亲的问题，我并没有立刻回答，而是反问他："为什么要让别人的眼光，决定自己小孩的未来呢？"

对于年轻人来说，选填大学专业，是人生首次的重大抉择，在可供参考的人生经验值很有限的情况下，最好找出自己具有高度热情及有兴趣的事物，作为"抉择"的重要指标。

因为，做自己感兴趣的事，容易乐在其中，在同侪中也较有机会表现突出。

与其随着外界杂乱的讯息起舞，倒不如从孩子的兴趣来着眼，如果还是不确定，也可以到有提供类似"选填专业十大指标"的咨询机构进行测验。这些测验，包含了性格、未来趋势、师长建议、人格特质分析等层面，都是可以参考的项目。

虽然选专业与日后的工作有关，但两者不见得会有直接关联性。但是，选择有兴趣的专业，日后反悔的风险将比较少，就像选择对象要以适合为主一样：虽然我

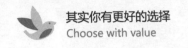

们与适合的对象在一起，不一定就不会分手，但至少分手的概率会降低许多。

此外，尽可能收集相关信息，让孩子了解他想念的专业究竟是要学什么，出社会后的工作性质是什么，这都是很重要的，因为没有人能保证抉择是对或不对，但是我们至少要根据可以获得的信息范围，做最佳、最清楚的决定。

如果，孩子一开始时，并不清楚自己的兴趣，真正读下去后，才发觉自己实在不适合该系，此时再转读其他专业，也是个选择，父母们千万不要认为念错专业就永世不得翻身。

关于选专业与找工作这件事，很少人能够在第一次就做"对"决定。假如第一次就可以做"对"决定，往往是因为已经累积了足够多的经验，哪怕是错的经验，经验累积得越多，就会越清楚自己想要什么、适合什么；然而，如果因为怕错，不敢尝试错误，就永远学不会"选择"与"负责"这个人生重要的课题。

此外，也请父母们思考一件事：您到底是在雕塑一个您想要的孩子，还是希望发挥孩子自己最好的一面？到底该如何将孩子引向正途？

在丹麦等北欧国家，人们并不在乎一个人的学历，只要能找到一份让孩子能乐在其中的工作，哪怕是工人，父母亲都认为孩子对这个社会是有贡献的——而这样的价值观，是值得天下所有父母参考的。

Choose with value

儿子沉迷于"传销"，怎么办

近年来，直销事业已经让有些人有"老鼠会"（"金字塔销售计划"的俗称，就是变质的"多层次传销"）的不良印象，不少大学生甚至会经营直销事业。

V妈妈也为了这个问题而苦恼不已。

她的儿子是一位大学三年级的学生，十分热衷直销，想要以经营直销来赚大钱，因此荒废了学校的课业，在校成绩很差，几乎被退学了。当V妈妈告诉儿子"你既然是学生，生活目标应该还是要以学生的本业为重"时，儿子却回她说："我毕业后还不是要找工作？找工作就是为了要赚钱，我现在既然已经有能力赚钱了，还怕我毕不了业吗？毕不了业就算了，反正我赚得比那些毕业的人还多。"

V妈妈也发现，孩子为了赚钱，总是晚上十二点才回家，也因为有了钱，开始爱买名牌。儿子觉得妈妈不了解他，妈妈觉得儿子很糟糕，母子两人为此已多次吵

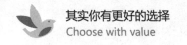
得不可开交。

无奈的 V 妈妈，无法理解孩子的作为，不晓得孩子与自己的价值观为什么会有这么大的冲突。

🌀 两种角度想一想

大部分的人听到 V 妈妈的故事时，都会站在 V 妈妈这边，认为这个孩子真的很糟糕。

其实，在这个故事中，我们可以从不同的角度来思考。

首先，国外的确有不少大学生休学后，自行创业成功的例子，如比尔·盖茨就是一例。

不可否认的，比尔·盖茨的故事，的确会让一些学生对于"休学来创业"这件事跃跃欲试，并且以此作为休学的理由，却没有细究比尔·盖茨成功的原因。

其实，在比尔·盖茨的传奇故事中，他的个性才是最大的关键。

比尔·盖茨做任何事情时，都是有目标、有计划、有一定的策略的，而且他不会半途而废。因此，当他决定休学创业时，其实是经过一番计划后才进行的，这也大大提高了成功的机会。

我告诉 V 妈妈："如果孩子的做事态度马虎随性，敷衍了事，家长当然会担心；假使孩子的个性成熟，有计划、有目标，那么，家长或许也可以考虑支持孩子。"

另一个角度是，我们应该问问自己：为什么重视文凭？

以欧美国家来说，父母就不那么在意文凭，他们认为最重要的是追求目标时的精神，还有态度。

倘若孩子的人格、品行等各方面都很不错，并且在某件事上有着特殊与极大的热情，那么家长何不试着欣赏这孩子独特的人生目标？

如果孩子赚钱是为了物质享受，追求财富是为了满足个人私欲与喜好，那么家长当然要想法子引导，试着调整孩子的价值观。

我建议 V 妈妈观察孩子加入直销体系后，人格操守方面的变化，是归于正途，还是越来越倾斜，这是一个很重要的参考指标。

我认识许多原本学历不起眼，但在直销界却发光发亮的人士。其中不乏有人在加入直销体系，因为自己的全心投入和积极努力，位阶提升到某个层级后，为了提供事业伙伴更多新的知识与信息，让他们更加茁壮成长，而不断地投资自己的时间、金钱去听演讲、参加训练课程，甚至自费到国外进修直销。

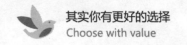
◎ 不让名牌意识成为亲子吵架导火线

在 V 妈妈的故事中，也可以发现现代父母普遍的困扰——孩子喜欢名牌。

喜欢名牌，将赚来的钱都花在名牌上，这与金钱观、价值观有很大的关系。

我建议 V 妈妈先了解儿子想买名牌的原因，而不要一开始就质问孩子："你干嘛这么奢华？为什么老是要买名牌？为何这么不切实际？"否则，孩子是不会跟父母沟通的。

说真的，如果经济状况真的优越，质量好与质量差的东西相比，我们当然会选质量好的——这是人之常情，只是，有人往往察觉不到或不愿意承认。

虽然 V 妈妈的儿子已经超过二十岁，但是母子俩的关系，势必重新建立，V 妈妈才有可能改变儿子的价值观。

建立关系，需要一些深层沟通的原则，在第五章中所写的"深层沟通四原则"，不但适用于主管，也适用于父母。

Choose with value

家有叛逆孩子，怎么办

　　小如是一个高二女生，她将头发染成七种色彩，不但抽烟，还常常逃课，令学校老师伤透了脑筋。她的外形与行为，都像大家口中所谓的"不良少女"。

　　小如的妈妈非常厌恶小如的行为，但是，无论如何责骂小如，小如不但不改，还变本加厉，觉得妈妈不了解她，反道："每次都只会跟我讲道理，我听不下去！"让妈妈很无力，也很担心，女儿现在才十六岁，每天都在外闲晃到半夜才回家，再这样下去，真的很难想象会发生什么事。

　　"老师，你觉得我要不要带小如来见你？"小如的妈妈问。

　　"你认为她会来吗？"我反问。

　　小如的妈妈沉默不语，她完全没有把握。

　　"通常，孩子是不会来的，亲子之间的问题，除非

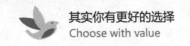

大人改变，孩子才有可能改变。"我说。

听到我的说法，小如的妈妈非常不高兴："拜托，是她不对耶！"

"重点并不在于她对不对，而是在于'你不改，她是不会先改的'。"接着，我告诉她，"孩子愿意与我们好好沟通，通常是因为在对话中，她感觉到安全与信赖，才会真正敞开她的心，与我们对话……""孩子不愿意跟我们谈，是因为她觉得不会得到好结局，也没有得到认同、赞美、肯定。"

"她做的事，我又不认同，要如何赞美她？"小如的妈妈不解。

"你要是永远这样想，就会永远失去她的。"我正色对小如的妈妈说。

这样做，跟高中年龄孩子打好关系

小时候，父母是孩子的天，是孩子生命中的主角；但是到了初中，孩子虽然会参考父母的意见，却不见得会遵循家长说的方法，因为此时父母不再是孩子生活中的主角，而是配角。

当孩子上高中以后，父母亲就难以给孩子太多的意见，孩子自然会被同侪的力量影响。此时，父母很可能连配角都不是，而是成为观众——孩子做得好，父母给予掌声，在旁加油、打气与鼓励；孩子做得不好，就给予安慰、同理和倾听。

如此，就可以跟高中年龄的孩子建立非常好的关系。

我告诉小如的妈妈："你发现了吗？你现在一直想做主角，可是小如根本听不进去。所以你要做的事，不是改变她，而是改变你自己。"

"老师，那你觉得，我到底要改变什么？我不觉得我要改。"小如的妈妈说。

"你觉得关系重要，还是解决问题重要？"我问。

"当然是解决问题。"

"那么，你觉得要如何才能解决问题？假如你们俩没有好的关系，她不会听你的，没错吧？"

小如的妈妈点头，并问我如何与女儿建立好的关系。

◎ 孩子太叛逆？解除亲子危机，有方法

"从现在开始，你不只要当观众，还要当女儿的好朋友；不要当她的妈妈，而要当她的同辈、同侪（chái）。当小如回家后，不论她说什么事，你就当她是你的朋友，要倾听和接纳她，甚至跟她做同样的事。"

"她做的事，难道我都要做吗？"

"只要不违法，你就尝试做。而且，回到家后，第一件事就是跟女儿道歉。"我又加上一句。

"道歉？我要跟她道什么歉？"小如的妈妈无法置信地问我。

"道歉并不是因为你一定有错，有时是一种以退为进的沟通策略。首先，你必须反向操作，把情绪稳下来，放慢说话速度，以免孩子觉得你总是咄咄逼人。"

"还有，不管孩子是不是十二点才回家，今天晚上，你都要对她说'如果饿了，冰箱里还有些东西，妈妈要先去休息了'。"我补充。

我告诉她："假使你这样做，孩子一定会吓到，但没关系，不要做多，这样就好。如果孩子对你还有些不舍，她会回过头来找你的。"

在咨询室内，我陆续教小如的妈妈一些说话的技巧，小如的妈妈也照着练习。

当晚，小如立刻被妈妈的言行吓了一大跳，并问："妈，你今天怎么了？"当孩子会这样说，代表她还是很在意父母的，只是不懂该如来表达对父母的关心而已。

小如的妈妈照着我教的对小如说："妈妈想跟你谈一下，但你不要有压力，这几年妈妈有些事是做错了。"

当做父母的说出这样的话时，通常孩子虽然有些猜忌，但也会降低防备心，因为孩子做梦都没想到，父母竟然会承认自己错了，孩子会打开耳朵，听听父母到底会说些什么。

这时候，就是关键时刻了，父母说话的速度一定要放慢，越慢越有力量。如果说话太快，容易引起孩子的防备心，挑动彼此的情绪。

小如的妈妈告诉女儿："或许，有时候妈妈管你管得太严厉了，那是因为妈妈太爱你、太在乎你了。妈妈知道自己的管教方式、使用的语言，很多都是不对的，因为如果有人对我这样说，我心里也会很受伤，就算那个人很爱我，我还是觉得很难过，所以你的感受，我懂。"

听到妈妈的表白，小如十分感动，也掉下眼泪。

"你放心，妈妈会改的，不是你要改，是妈妈要改，从今天开始，妈妈会修正自己，不会再当你妈妈了，我要当你的朋友。"小如的妈妈按照之前练习的"脚本"说。

听到妈妈的话，小如的叛逆之心又再度出现，她问："你说要当我的朋友，你确定吗？"

"确定！"

"既然如此，那我们现在去pub。"小如说。

听到女儿的要求，小如的妈妈当场愣住，此时，小如反问她："你不是要当我朋友吗？那我们去 pub 啊！"

幸好，在协谈时，我已经告诉过小如的妈妈，她的女儿很叛逆，很可能会故意想要整妈妈，好证明妈妈到底是不是真的爱她，要成为她朋友。

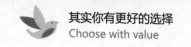
结果，小如的妈妈果真跟女儿一起去了pub。

在pub里，小如点了一杯酒，妈妈看到这个举动，心中立刻怒火中烧，但一想到要跟女儿建立关系，竟也忍下一口气而点了一杯酒。

没想到，接下来，小如竟然从包包里拿出一根烟。

看到女儿的行为，小如的妈妈几乎要发飙，但是转念一想，觉得要做就做到底，于是告诉女儿："那你也给妈妈一根烟吧！"

母女俩就真的在pub里抽起烟来。

由于小如一个晚上测试妈妈三次——去pub、喝酒、抽烟，当妈妈真的照办不误，小如的心就软了下来，酒没喝几口，烟才刚抽，她就说："妈，我们回家吧！"

在回家的路上，母女俩不但边聊边哭，回到家还互相拥抱。隔天之后，小如不但准时回家，也越来越体贴妈妈单亲的辛苦。

请家长们不要误会，不是说我们要凡事配合或允许孩子的偏失行为，而是要与孩子先建立关系，才能知道孩子行为背后的动机，进而才有机会解决问题。

◎ 用放大镜看孩子的改变

在前面的章节，我曾经提到，一位主管必须用放大镜看部属好的改变，哪怕改变只有一点点，都要不各说出来。

亲子教育也是如此。

在孩子改变的过程中，父母亲务必要做的事情是：当孩子有任何一点的进步或改变，就要及时赞美、肯定他们。

如此，可以"增强孩子的正向努力"，让孩子觉得自己受到父母的重视。

在改变的过程中，孩子也可能发生"进步缓慢"、"进步一点点后就原地踏步"，或"又故态复萌"的情形。此时，父母最忌讳的就是像打落水狗一样，奚落孩子："我就知道你改不过来。""我就知道你没救了！""我就等着看你能够改多久？果然……"

因为，当孩子听到父母说出这样的话时，孩子是很难有继续努力的动机与动力的。

亲爱的家长们，请别忘了，当你需要孩子的进步和努力的同时，孩子更需要你持续的赞美和肯定。

Choose with value

恋爱这种事能不能"提前"

　　不少家长都曾经向我提及：孩子太早谈恋爱，该怎么办？

　　我的基本态度是，年纪很小的孩子，他们的爱情多半是很单纯的情意，跟成人的爱是不同的。

　　父母们，只要确认孩子的爱是一种健康的关系就好了。

　　人一旦进入青春期，因为身体进入特殊的生理周期，开始发展第二性征，男女都会对异性感到好奇，这就是所谓的情窦初开。这时候家长就算不准孩子谈恋爱，孩子还是会交男女朋友的。

　　所以，家长准许与否，其实并不太能影响小孩子谈恋爱的冲动。

　　其次，也许就因为父母的不准许，当孩子知道父母的态度之后，就不会告诉父母实情，就算真有状况，他们宁可自己处理。

与其这样，家长还不如跟小孩站在同一阵线，用同理的心情来看待。

好奇＋肯定，双管齐下

为了在孩子的青春期不缺席，身为父母者，请对孩子感兴趣的事情感兴趣。

比如，孩子如果与一位异性朋友往来得较频繁时，父母不妨对孩子交往的异性保持好奇心，问问孩子："他（她）是怎么样的一个人？你喜欢他（她）哪一点？"

在保持好奇心之余，更不忘予以肯定。因为，孩子找的人一定是自己喜欢的人，父母若是对于孩子交往的对象予以否定或排斥，下次，孩子就不愿意告诉父母真实的状况，因为孩子会认为爸妈根本不懂。

相信大家都不会随便把心事告诉别人吧！

当然也不会把经常否定、指责我们的人当成知己。

孩子，当然也是如此，所以，请问父母们：您希望被孩子当成知己，还是被孩子当成是局外人？

不倾听孩子的心事，就不会了解他们喜欢的人是谁，也不了解对方真实的个性与两人相处的状况，更不了解对方的家庭状况与背景。如此一来，即使想要帮助孩子，也会困难重重。

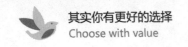
家长应该以退为进，让孩子知道自己很开明，这么一来，孩子才愿意与父母谈心事，才敢分享自己的感情经验。

我相信，当孩子跟父母建立开放的沟通方式后，父母将可以随时了解孩子的感情动向，也能适时引导孩子，也就不至于发生父母们最不愿意见到的情形。

别让你的担心成为孩子的负担

M小姐是一位单亲妈妈，在儿子六岁时，就与先生离婚，独自一人抚养儿子长大，与儿子的感情也很好。

没想到，儿子在高中一年级时，竟然开始谈起了恋爱。

起初，儿子会带女友回家给M小姐认识，但是M小姐总是不满意儿子的女友，无论怎么看，都觉得不顺眼。

刚开始的时候，M小姐的儿子会因为母亲不喜欢他的女友，而与女友分手。渐渐的，他发现自己无论与谁交往，妈妈都不开心，后来干脆转为"地下化"，私下与女友交往，再也不将女友带回家。

"只要我问起儿子最近有没有女朋友时，他总是否认到底，但是我根本不相信，因为，他经常在手机响起以后，独自到角落讲电话，而且每天都上网到很晚。以前电话费大概只有一百多元，现在却涨到两百多块，他一定是背着我交女友。老师，你说，我该怎么处理？"

"很简单，你的态度若是不改，儿子将永远不会承认自己有女友。"我回答。

接着，除了了解妈妈为何反对的原因之外，我教M小姐跟儿子认错与重新建立关系的方法，沟通的说法如下：

"儿子，过去妈妈反对你交女友，是因为妈妈觉得你年纪还小，怕你不成熟，也怕你谈感情影响功课。不过，我要承认的是，我的看法并不见得是正确的。因为，有些女生可能是很适合你的，或者她们有些特质是可以帮助你的，这部分是妈妈过去忽略的。你现在也大了，妈妈真的要跟你说声抱歉。今天妈妈谈这件事，就是要请你放心，下次你带女友来时，我都会支持的。我想，你也上大学了，是该有好的对象，这样我也比较放心，我会为你高兴的。"

此外，我也告诉M小姐，见到儿子的女友时，要点头微笑，招呼对方；当对方离去之后，可以适时地肯定赞美对方的特质、行为，或是跟儿子说"你好有眼光"，这样子，儿子才会放心与你聊恋爱的话题。

如果气氛和时机都不错，甚至可以跟孩子聊自己经历过的感情故事。不过，一定要确定那时自己的情绪是十分稳定的，并且避免做任何的人身攻击。

M小姐果真照着我的建议进行，结果，她与儿子的关系也越来越好。现在，儿子身边也有一位交往了三年

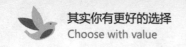
的女友，等儿子当完兵后就准备结婚。

现在的孩子普遍早熟，对异性特别好奇，同侪之间也会讨论感情的事情，当父母无法阻止孩子交男女朋友时，不如借机教育孩子如何尊重对方、保护自己。

千万不要让您的担心，成为孩子的负担！

当然，我们也有责任要教导孩子，让他的行为不要对造成别人伤害。

致力于最好的职场读物

来吧，讲述你的职场故事！

新世纪书局是国内首家成立的科技出版集团和第一家部属出版集团——中国科学出版集团下属的控股出版机构，年出版图书470多个品种，生产有效码洋超过1亿，图书内容以创新性、专业化、特色化闻名业界。

旗下的"快阅读"是这样一个图书品牌：

首先，是快速。这是一个做事讲求效率的时代，包括学习。我们不想做一本让人读了半个月都没有读完的书。用这种方式来学习，未免进步太慢了！

其次，是快乐。学习本该是件很快乐的事情，世上没有坏知识，只有坏的讲法，没有难解的职场难题，缺少的只是更巧妙的解题方式。但愿我们提供给您的是一餐精神美宴。

如果我们做到了这两点，我们才有勇气让您帮我们宣传——推荐您的朋友也赶快阅读这套图书！

看完这本书之后，你有哪些想法？好的，不好的，都欢迎与我们分享。

如果您有好的职场技巧与故事，也欢迎您加入我们的分享团队，给我们投稿！

来信请寄至： 100101 北京市朝阳区大屯路风林西奥中心B座20层
新世纪书局 生活图书编辑部
或 chencigui@yahoo.com.cn

投稿电话： 010-64847582

隆重推荐

《韩友谊说法（刑法版）》

作者：韩友谊
估价：28.00元
上市时间：2011年7月

历史可以普及，中医可以普及，为什么法律不可以？为什么会有科普作品，都没有"法普作品"，北大博士、京城四大名嘴之韩友谊全面开讲，法学版《明朝那些事儿》今夏郑重登场！

看得懂《水浒传》，你就看得懂刑法！

鲁提辖三拳打死镇关西，是见义勇为，还是防卫过当致人死亡？见义勇为（正当防卫）的尺度如何把握？

同样是杀人，为什么武松能得到轻判？这跟武松做事的方式有何关系？

宋江将俘虏扈三娘嫁给矮脚虎王英，算不算暴力干涉他人婚姻？

透过刑法看李逵，你将发现他的几次杀人行为完全不同，有的是故意杀人的中止，比如撞见李鬼时；有的是故意杀罪的未遂，比如发生误会时想砍死宋江；有的则是故意杀人罪的不能犯，比如刀砍罗真人……

透过法律看《水浒传》，你将发现一个全新的梁山。北大法学博士、人称司考培训界"京城四大名嘴"之一的韩友谊老师，以《水浒传》为主要案例，为您解析我们生活息息相关的刑法细节，开启全民"法普"的第一课。

《别拿爱情说事》

作者：胖大海	估价：26.80元	上市时间：2011年7月

比罗永浩幽默，如柴静般犀利

"中国播客第一人"重现江湖

与您分享完全不同的爱情观与人生体悟

在2005年人们开始引用老罗那句"彪悍的人生不需要解释"时，"老罗语录"在音频作品中的网络下载率为全国第2，第1名就是胖大海的音频节目《有一说二》——那时候这玩意儿还有个专属名词，叫播客，他本人也因为犀利、幽默的言论而被千万网友尊称为"喷神"。

2006年3月，以胖大海及其《有一说二》为代表的网络播客与神六飞天、两岸关系等共同当选中央电视台的"2005年中国变化"，成为中国媒介平民化的标志性事件。要说草根和"自媒体"，胖大海哪怕不是第一人，也是最早吃螃蟹的那一批。遗憾的是，这两年他渐渐淡出网络了。

他干嘛去了？

此次"重出江湖"，胖大海又将带给我们怎样的惊喜？

你能想象，当批判的武器加上心理学的专业分析，会产生怎样的"杀伤力"吗？

还是那个胖大海，说话犀利，言辞幽默，只是不再一句话噎死人，而是多了几分思考与追问。围绕当下最热门的情感话题，胖大海像剥洋葱一般，为您揭开让人忍不住流泪的真相。问题是，您敢面对吗？

《点灯——
一个职海"老水手"的自白》

作者：王刚
估价：28.00元
上市时间：2011年6月

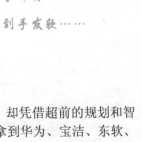

自2007年春以来最火的求职帖子

原帖被N次转载，相关网页超过280万个

作者最"后悔"的事便是在帖子里留下了邮箱

结果收到了2000多封读者来信，回信回到手发软……

　　他，不过是一个普通大学的学生，却凭借超前的规划和智慧的应对，轻松PK名牌大学毕业生，拿到华为、宝洁、东软、益达、IBM、东芝、三星、联想、民生银行、阳光财险、中国人民银行、微软、腾讯、CCTV等56家知名企业的入场券，笔试通过率和面试通过率高达78.3%和60%。

　　在工作不好找、好工作尤其不好找的今天，此事引起了轩然大波，使当事人王刚得到了"史上最牛求职达人"与占据其他人名额的"考霸"两个截然相反的评价。

　　好工作是怎么找到的？第一份工作到底有多重要？如果对现状不满意，要如何调整？面对两个都不错的机遇，要怎么选择？……凡此种种，最喜欢郑智化歌曲的他，希望自己能像热心的水手一样，与大家分享自己的求职经验与工作感悟。

《猎头笔记》

定　　价：25.00元
上市时间：2011年1月
出版社：龙门书局

都说工作不好找，听听猎头怎么说！
他离老板最近，比HR更专业
为您揭秘职场升迁之道

2011上半年求职类图书畅销榜第一名

刘佳 倾情奉献

国内最专业的金融猎头公司猎头总监
天涯社区"达人团专家"
MSN中文网职场天地达人嘉宾

　　怎样跳槽才能跳得又高又远？企业最想要什么样的人才？拿什么打动你的面试官？如何提升你在工作中的魅力指数？……如果你还在为这些问题烦恼，那么此书便是你的最佳选择。

　　在本书中，作者从自己的猎头生涯中挖掘典型案例，围绕"跳槽"、"面试"等主题现身说法，告诉读者在学校永远学不到的求职秘诀，并结合当前的经济形势，解答求职者面临的诸多问题，提供有效的职业规划方法和职场生存技巧。

　　本书部分文稿在网上流传开来之后，得到了广大读者的好评，更有人推荐把它列为2011年应届毕业生必读书。

当当读书、凤凰读书、智联招聘、金融界头条推荐！

《中国达人启示录》

作　　者：秦夕然
估　　价：25.00元
上市时间：2011年7月

根据红遍大江南北的综艺节目——
《中国达人秀》改编而成！
从草根到达人，从平凡到伟大
30位草根达人纷纷讲述了自己
成功的心路历程

在这个"后选秀时代"，自东方卫视播出《中国达人秀》一跃成为2010年度收视率最高的综艺节目，红遍全中国，帮助千千万万的普通人营造了一个梦，一个中国梦！

本书讲述了在《中国达人秀》中表现最为突出的30位草根达人背后的故事，深度分析了他们身上所表现出来的优秀品质，给读者呈现出30个生动鲜活的励志标本，鼓励着我们每个人都要朝着自己的理想去努力，"相信梦想，相信奇迹"。

周立波：你永远不知道下一秒钟谁会站在舞台上，会发生什么，或者下一个站在舞台上的就是你，只要你相信梦想，相信奇迹。

伊能静：梦想的舞台，不再只是给青春、美貌、张扬的俊男美女，而是还原到生活的底层，让我们看见梦有多大，人就能依靠着梦走多远。

高晓松：这些达人是生活派来的信使，告诉我们久违的信仰、善良、坚韧和淡泊在人间，就在我们身边某个平凡地角落里，某个平凡地过客那里……

好 书 推 荐

《别告诉我你会做简历》

作　　者：陈乾文
定　　价：29.80元
各大书店及网店均有销售

应届毕业生、职场新人必备工具书

网投好，还是直接投到HR的信箱？

没有相关工作经验，怎么办？

如何提高简历的命中率？面试时又要注意哪些细节？

资深HR现身说法，让你15秒就脱颖而出！

《别说你懂职场礼仪》

作　　者：陈乾文
定　　价：29.80元
各大书店及网店均有销售

2010年全国礼仪类图书第一名

讲述职场菜鸟和老鸟都容易忽略的礼仪细节

帮助你有效避开职场陷阱与潜规则

被誉为"成就金牌员工的礼仪圣经"

不实用的不讲，不好记的不说，让您忍不住一口气读完

《谁偷走了你的幸福》

作　　者：郭睿宸
定　　价：28.00元
上市时间：2011年1月

世界小了，房子大了；欲望多了，快乐少了；

路子宽了，心胸窄了；楼房高了，视野低了；

距离近了，幸福远了……这是现代社会出现的一种奇怪现象。是什么让我们在追求幸福的路上离幸福越来越远？

著名心理学家、海宁格中国课程主要发起人和推广人郭睿宸邀您

一同寻觅往日的幸福。

《找到适合你的那双鞋》

作　　者：龙颜
定　　价：28.00元
上市时间：2011年2月

别人穿着非常好的鞋，穿在你脚上未必舒服，只有与你的脚大小肥瘦完全契合的，才是最适合你的。

婚姻是女人一辈子的事，年轻时规划好，一辈子都幸福！

你有你的个性，他有他的特点。茫茫人海中，该怎么找到另一半呢？

一本帮你认识自己、规划未来，直至找到真爱的床头书。

《幸福就像狗尾巴》

作　　者：黄桐
估　　价：26.00元
上市时间：2011年2月

一本滋润千万人心灵的幸福写意书

小时候，幸福很简单；长大后，简单很幸福。

台湾畅销书作家讲述不管……

台湾诚品书店畅销书排行榜第一名

《身体在工作，灵魂在恋爱》

作　　者：尤薇儿
估　　价：28.00元
上市时间：2011年2月

再忙也要谈恋爱，谈到世界充满爱

"一心"能否"二用"？

现实生活中，很多朋友既是妻子丈夫、又是母亲父亲、又是公司骨干，对工作投入难免对感情有所疏忽，对爱情投入，工作上又感觉力不从心。但是社会又要求我们面面都要做好。怎么办？且看时尚杂志专栏作家尤薇儿给我们传授"一心一意寻爱情，聚精会神干事业"的秘笈。

《发年终奖给你的老板》

作　　者：陈彦宏
估　　价：26.00元
上市时间：2011年2月

台湾地区销量突破10万册

职场中拼杀的你，是否像中国足球队一样，除了累出一身臭汗，什么也没有？

因为你身处在一个以老板为中心的圈子，要劳有所得，先要让老板注意到你！

《职场章鱼哥》

作　　者：徒步过客
估　　价：28.00元
上市时间：2011年2月

世界500强资深CFO、网络最火的面试官继畅销书
《一个外企面试官的面经》之后再推力作
分享外企十年生存感悟
揭示老板不会轻易告诉你的真相

天涯社区1400000网友与您一同关注！

《老板不会轻易告诉你的50个秘密》

作　　者：黄志坚　估　　价：28.00　上市时间：2011年1月

老板是你职场路上的把关人，他推你一把，你就一路通途，他绊你一脚，你就一路跌滚。

所以，要想你的职场风生水起，就要将你的老板和职场规则了解到骨灰级的程度。而这本书恰好深度剖析了老板们所具有的普遍心理和特点，比如老板们为什么需要你埋头苦干，但往往又看不见埋头苦干的你，是一本让老板们看后如坐针毡的书。

《让岁月见证幸福》

作者：王龙敏
估价：26.00元
上市时间：2011年7月

一本全面解析相夫、旺夫的爱情写意书

同样是时间，有的人感慨它带走了爱情的激情，留下了婚姻的琐碎，于是有了"七年之痒"一类的说法。有的人用智慧的经历告诉我们，婚后生活同样能过得像童话一般。于她们而言，岁月与其说是爱情的谋杀者，不如说是幸福生活的见证者。

《职场无战士》

作者：康尽欢
估价：28.00元
上市时间：2011年3月

职场不是战场，哪来那么多的战士？
更多的是隐士，闷声发大财，太平过日子。
职场顾问、《ELLE》中文网专栏作家康尽欢倾情奉献，
用"凡客体"一般的语言，讲述职场趣闻，
教您深入职场圈，玩转办公室！

《当生活遇上创意》

作　　者：王丹、张会成
估　　价：28.00元
上市时间：2011年7月

这是一本充满了感叹号的创意书！
花一点点心思，给你的生活加点料！

　　冰激淋加上切片面包会怎么样？撞衫了如何巧应对？废弃的报纸又有什么妙用？特别忙的时候要不要剪掉心爱的长发？⋯⋯

　　不要觉得生活太无聊，不是生活无聊，而是你好久没有思考，缺乏创意而已。本书汇聚102个生活小技巧，和你分享衣、食、住、行、美妆等细节带给我们的快乐！

《失败是个逗号》

作　　者：朱国勇
估　　价：26.00元
上市时间：2011年7月

没有人不会失败，
但也不会有人永远失败；
失败是难免的，但不会是永远的。

　　人生本来就是由失败和成功相互交织而成的书卷篇章，失败只是人生篇章中的一个逗号而已，没有逗号的人生篇章是不完整的，逗号也绝不会成为人生篇章的终结点。本书以100多个全新视角的小故事，带给你不一样的心灵触动和精神启迪，启发你沿着逗号一路续写自己华丽的人生篇章。

《会说话的人好办事》

作　　者：陈焕庭
估　　价：25.00元
上市时间：2011年7月

工作中，关系要有，能力也要有，但是不会说话，你就什么都没有！

作者累积16年、2000多场演讲的精华浓缩
在台湾地区上市一周跃居排行榜之首
销量累积突破50000册
是年轻人学说话的首选钻石读本

《其实你有更好的选择》

作　　者：陈焕庭
估　　价：25.00元
上市时间：2011年7月

**让选择不再成为你的烦恼
让"随便"这个口头禅见鬼去吧！**

小到中午吃什么、周末去哪玩，大到要不要跳槽、要不要和他（她）交往、要不要买房，我们每天都在做出选择，但是很多人也在每天后悔："早知道这样，我当初……""我们那时候要是……就好了！"

有什么可以帮助你快速做出决定，并减少后悔的概率？你是否想过，同样的事情发生在不同的人身上，却会有完全不同的结局，带着我们走向不同的命运？……关于这些，本书通通可以告诉你答案。